Direitos autorais © 2023 Mary Collin

AVISO DE CONTEÚDO

Este livro contém capítulos de violência, sexo explícito, morte ou processo de morte, abuso físico ou emocional. Não quer dizer que a autora compactue com o conteúdo do livro. **Leia por sua conta em risco.**

AGRADECIMENTOS

Quero deixar registrado meu agradecimento ao meu marido que me incentivou a escrever mesmo quando eu não acreditava que era possivel alguém gostar da minha história.

As minhas leitoras fieis que sempre me acompanham no instagram (@maa_autora) e me incentivam desde minhas primeiras obras amadoras.

E a mim, por não desistir dessa obra e de tantas outras aventuras nesse mundo da escrita.

Espero que apreciem minhas histórias tanto quanto eu apreciei escrevê-las. Obrigada pelo seu tempo de leitura!

<h1 style="text-align:center">Capítulo 1</h1>

Quando tudo o que você tem na vida é uma pessoa, você se transforma e faz dela o seu mundo.

Ben sempre foi tudo o que eu tive desde que nasci, somos inseparáveis e o nosso sangue de irmãos nos mantém em um elo infinito. E esse elo me levou a fazer coisas e seguir um caminho que eu não planejei.

E agora estou aqui na fronteira com o México gerenciando um carregamento de armas.

Minha missão?

Levar essas armas em segurança até San Diego, para a máfia americana.

- Vamos logo com esse carregamento pessoal – grito enquanto passo por alguns homens que estão retirando as armas de um carro e levando até o porta-malas do outro carro que irei conduzir.

Deixo para eles o trabalho braçal, já que o perigo sou eu que vou assumir assim que levar essas armas comigo.

Mas o perigo chega mais cedo do que eu imaginava. Tiros ecoam, homens correm e eu rapidamente saco minha arma e corro para atrás do carro, que ainda está com o porta-malas aberto.

- Que merda é essa? – Esbravejo, enquanto agacho ao lado de dois homens armados que estavam carregando as armas.

- Só pode ser alguma *gang* local tentando roubar o carregamento. – Um dos homens responde. Assim que completa a frase ele atira de volta em direção a outra *gang*.

Não me vejo com outra opção a não ser revidar os tiros também. Me levanto e assim que miro minha arma não só ouço o barulho como o "sinto" quente estourando no meu corpo.

Caio no chão no mesmo instante, e então sinto que tudo fica em câmera lenta, até que um mar de escuridão me atinge.

Mas a minha vida nem sempre foi assim...

Brooklin, 24 anos atrás.

Meu irmão, Benjamin, e eu crescemos em um orfanato, e apesar de ser melhor que crescer na rua, não significa que seja um lugar bom ou agradável de viver a infância.

Estamos brincando, eu estou fazendo um show de dança para Ben, onde eu sou a fada principal. Ben como sempre me dá o apoio moral que toda irmã precisa, mas alguns garotos ao lado não param de rir e debochar da minha apresentação.

- Eu vou dar um jeito neles – Ben fala enquanto anda em direção aos garotos. Como um ótimo irmão mais velho, Ben sempre me defendeu.

Apesar de apreciar o cuidado que Ben tem comigo, eu sei que brigas sempre nos levam a diretoria, e lá definitivamente é um lugar onde eu não quero estar.

- Está tudo bem, deixa para lá – Falo para Ben enquanto ando atrás dele. Mas tarde demais, Ben já chega empurrando um dos garotos.

- Por que vocês não dão risada agora na minha cara, seus otários? – Ben grita com o garoto que ele acaba de empurrar no chão.

Dois garotos contra um e meio, se é que dá para me considerar como meio nessa situação. E como se eu já não estivesse apavorada o bastante, um dos garotos me empurra.

- E você vai fazer o que, pedir para a fadinha te ajudar com superpoderes? – Ele ri sarcástico

Tudo acontece rápido demais, eu mal olho para a mão fechada

de Ben e então ela já está estourando como um soco na cara do menino que me empurrou.

Meu irmão de apenas 8 anos derruba com um soco um garoto de 12 anos. Garoto esse que sai correndo assim que olha a cara de ódio do meu irmão, logo atrás corre o outro garoto que também estava com ele rindo de mim anteriormente.

Apesar de toda a adrenalina, Ben se vira para mim com um sorriso doce nos lábios.

- Pode continuar sua apresentação, fada Kate!

Me chamo Katherine, mas me identifico com o nome que meu irmão sempre me chamou, Kate.

Antes de retomar a minha apresentação, eu abraço o meu irmão.

- Obrigado Ben, você é o meu herói! – E não é um eufemismo, ele é e sempre foi o meu herói.

Ben me pega no colo e me gira no ar. E assim, com ele, eu sinto que nada no mundo pode me atingir.

Nós caímos rindo e tontos, no gramado.

- Eu irei sempre te proteger, Kate – Ele fala sorrindo – Será um pelo outro sempre!

Abro meus olhos em meio ao tiroteio que acontece enquanto estou caída no chão. Me arrasto de volta antes mesmo que alguém possa me ajudar.

- Você está bem? - Um dos homens me olha preocupado.

- A bala passou de raspão, vamos acabar logo com isso. – Eu falo enquanto aperto o ferimento na minha cintura. – Me deem cobertura, eu vou entrar no carro e levar esse carregamento até o destino, apenas se assegurem de que eles não me sigam. – Pego minha arma e corro abaixada para a porta do motorista.

Eles fazem o que eu mando, e atiram enquanto eu acelero o que posso para sair logo dali, agradeço mentalmente pelo carro ser blindado.

Logo chego na estrada que me levará até San Diego, não escuto mais barulho de tiros, o que me deixa aliviada. A cada instante me certifico que não tem ninguém me seguindo.

- Perfeito, consegui despistar eles - Penso alto sozinha dentro do carro. Aperto novamente o meu ferimento na cintura – Nunca mais volto para Tijuana. – Suspiro e continuo com os olhos fixos na estrada, hora ou outra olhando o retrovisor e checando que ninguém esteja me seguindo.

Reflito algumas vezes se devo ou não parar o carro para checar a gravidade do meu ferimento.

Eu não posso perder mais tempo, esse tiroteio já foi atraso suficiente. Penso enquanto piso fundo no acelerador. Não vejo a hora de poder entregar essas armas e enfim voltar para Los Angeles, para a minha vida nem tão normal eu diria.

Sinto meu sangue esfriar por completo assim que vejo carros da polícia, na estrada, em minha frente. Sou obrigada a diminuir a velocidade até que paro o carro completamente, em uma pequena fila de carros parados.

Droga, eu não posso ficar aqui parada com meu porta-malas cheio de armas. Então me lembro que esse não é o meu único problema. Olho para o sangue em minha cintura. *Pensa, Katherine Pensa.* Uma ideia surge e então começo a tirar a minha jaqueta, amarro minha jaqueta tampando o ferimento na minha cintura. Pego papeis no porta luvas e limpo o sangue na minha mão. *Vai ter que dar certo!*

Sinto que o ar vai se esgotando a cada metro que ando em direção a polícia.

Seja um policial garanhão, seja um policial garanhão. Repito como um mantra em minha mente, desejando que o universo me escute. Até que chega a vez do meu carro ser parado.

Endireito minha postura, evidenciando ainda mais o meu decote. Desço o vidro do carro e faço o meu melhor sorriso para o policial.

- Documentos, por favor – Ele aponta a lanterna para o meu rosto.

<h1 style="text-align:center">Capítulo 2</h1>

Continuo com o meu melhor sorriso malicioso e entrego o meu documento falso. Ele me dá uma boa olhada antes de ler meu nome no documento.

- Kate Holmes – ele fala meu nome pausadamente, saboreando cada letra.

Aproveito o momento para começar uma conversa mais intimista com ele, afinal tudo o que eu posso fazer agora é tentar jogar charme para esse policial.

- Gostou do meu nome? – Pergunto com uma voz doce.

Ele fica surpreso com a minha pergunta e então os olhos dele escurecem em um tom de luxúria.

- Gostei de você! – ele responde provocativo.

Percebo que ele entrou no meu jogo, tudo o que eu preciso fazer é manter ele focado em mim e não no meu porta-malas.

- Eu também gostei de você, pena que eu não posso te levar para casa. – Mordo o lábio e faço cara de submissa enquanto falo.

Ele se aproxima um pouco mais do meu carro e então me surpreende colocando a mão na ereção, que nesse momento já está dura sob a calça.

- Mulher, você sabe como esquentar um homem. – Ele fala enquanto aperta a ereção.

Fico sem reação, não imaginava que ele fosse tão direto ao ponto.

Ele percebe o meu silêncio e logo dá um jeito de contornar a situação.

- Leva o meu cartão com você e me liga a qualquer hora. - Ele tira um cartão do bolso e me entrega junto com meu documento, de volta.

Pego o cartão e meu documento da mão dele, fazendo questão de manter o contato físico de nossas mãos acontecer lentamente.

Ele me come com os olhos, acho que só não me ataca por conta dos outros carros esperando logo atrás de mim.

Interrompo o contato visual com ele e leio o nome que está escrito em dourado no cartão.

- Zac Miller – dessa vez eu que saboreio cada letra do nome dele - vai ser um prazer te ligar – olho para ele provocante e logo depois olho para o retrovisor, dando a entender que nosso tempo acabou.

Percebo que ele entendeu o sinal assim que ele olha também para a fila de carros formada logo atrás do meu.

- O Prazer será todo meu, Kate Holmes – ele se afasta do carro me permitindo ir.

Antes de subir o vidro do carro novamente, dou uma piscadela para ele e então acelero saindo com o carro.

Continuo meu caminho para San Diego.

Essa foi por muito pouco! Penso enquanto acelero o máximo que posso.

Aperto minha costela, a dor latente que havia diminuído devido a adrenalina, volta com toda a força agora.

Continuo dirigindo por milhas e milhas até chegar no meu destino.

- Esses mafiosos cagam dinheiro. – Olho para a imponente mansão a minha frente.

A mansão fica próxima a estrada, totalmente isolada de vizinhos, os grandes muros e portão de ferro preto pontudos não deixam dúvidas de que se trata de uma propriedade particular. Os vários homens armados que me apontam armas nesse momento não deixam dúvidas do quão perigoso é tentar entrar sem aviso.

Desligo os faróis do carro e saio com as mãos para cima.

- Está tudo bem, ela é a minha irmã! – reconheço essa voz assim que escuto.

Os homens abaixam as armas e então Ben vem correndo em minha direção.

- Está tudo bem? Fiquei sabendo que foram atacados por uma *gang* local – há preocupação na voz dele.

Ele tenta me abraçar, mas eu me esquivo do abraço dele e não respondo à pergunta.

- Onde eu posso tomar um banho e dormir? – pergunto tentando evitar contato visual com ele.

Ele me analisa e então o olhar dele muda assim que vê o sangue em minha roupa.

- Você está ferida! Ninguém havia me dito que você estava!!! – a voz dele é um misto de fúria com preocupação.

Retruco em seguida.

- Aposto que ninguém te falou, também, que eu fui parada pela polícia! – minha voz é carregada de raiva.

- Porra! Eles estão cada vez mais perto. – ele fecha o punho enquanto olha para o chão.

Ignoro a preocupação dele.

- Você sabe que eu odeio toda essa merda, mesmo assim fiz o trabalho. As armas estão no porta-malas – esbravejo e entrego a chave do carro para ele.

- Obrigado, Kate – Ele me olha com afeto.

Estou cansada demais para começar uma discussão com o meu irmão agora

- Eu só quero um lugar para descansar – suspiro, meu cansaço é real.

Ele me analisa mais uma vez, sei que está preocupado.

- Subindo as escadas, primeiro quarto a direita – ele sabe que eu não vou dar mais detalhes do que aconteceu.

Passo por ele e entro na mansão sem olhar para trás.

Não paro para ver os detalhes caríssimos da mansão, um banho e descanso é realmente tudo o que eu preciso para superar essa noite horrível.

Assim que entro no quarto vou direto para o banheiro, ligo o chuveiro e tiro a roupa. Olho para o meu ferimento e agradeço mentalmente por não ter sido tão grave, a bala provavelmente passou de raspão, uma boa higienização já resolve o problema.

Entro no box e a água quente me atinge como fogo, me despertando toda a dor e angústia que eu estava reprimindo. As lágrimas em meu rosto escorrem junto com a água quente, meu choro é de dor, de ódio, insegurança. Me pergunto em que momento eu perdi o rumo da minha vida.

Fecho os olhos e lembranças me invadem.

Orfanato, 25 anos atrás

- Adoro quando eles fazem festa aqui – falo com meu irmão, mas ele não me dá atenção.

Ben está concentrado demais olhando para um homem.

- O que foi, Benjamin? – pergunto enquanto olho para o mesmo homem.

- Aquele homem tem muito dinheiro, preciso que você o distraia – Ben responde sem nem olhar para mim.

- Você vai roubar de novo? – olho para ele chocada.

- Ele tem tanto dinheiro que nem vai sentir falta – dessa vez ele fala me olhando bravo.

- Eu não sei, não parece certo... – falo sem coragem de olhar para ele.

- E você acha certo outras crianças terem lares, pais amorosos, e nós aqui nos contentando com as sobras deles? – Bem esbraveja e fecha o punho

Suspiro e concordo.

- Não... eu queria ter uma casa.

-Vai me ajudar? – Ele pergunta complacente.

-Vou!

O plano era sempre o mesmo, eu fazia "fofura" e perguntas bobas, distraindo, enquanto meu irmão passava e roubava as carteiras.

- Kate! - O grito do meu irmão e as batidas na porta me fazem voltar para a realidade.

Desligo o chuveiro e me seco rapidamente.

- O que foi? – grito de volta assustada enquanto coloco minha roupa.

Não espero ele responder e já abro a porta. Ben me pega pelo braço e me arrasta enquanto corre.

- Corre, a polícia está chegando – corremos juntos.

Assim que descemos as escadas o tiroteio começa

Capítulo 3

Corremos juntos para os fundos da casa. Ben já havia deixado uma moto, para emergências como essa, no fundo ele sabia que a polícia poderia aparecer a qualquer momento para acabar com a festinha deles.

Os tiros ficam cada vez mais estrondosos, subimos rapidamente na moto e Ben acelera tudo o que pode para nos tirar daquela situação.

Alguns metros à frente e já estamos na rodovia, para meu alívio não escuto mais barulhos de tiro. Apesar de gostar da adrenalina, não sei até quando meu coração vai aguentar viver no limite.

Ben entra na rodovia Interestadual 5 que leva até Los Angeles, confesso que ver o nome de casa em uma placa de trânsito me deixa animada, mas Ben para milhas antes do meu tão desejado destino.

- Por hora estaremos seguros aqui – Ele fala descendo da moto e se afasta com o celular na mão.

Não consigo saber para quem ele está ligando, mas imagino que seja para alguém da máfia.

Desço da moto e olho ao redor me dando conta de que estamos em um motel, abandonado, de rodovia. *Isso tudo está ficando arriscado demais.* Penso enquanto me sento em um canto no chão e pego o último cigarro meio amassado que ainda estava no meu bolso.

- Fogo? – Ben surge ao meu lado e acende o meu cigarro. Não agradeço, apenas fico encarando-o – Não precisa fazer essa cara, eu sei que hoje foi por pouco.

- Hoje foi por pouco? Desde que saímos do orfanato, nossas vidas andam por um fio, Ben – Esbravejo ainda encarando ele – E agora ainda temos a polícia no nosso rastro cada vez mais perto.

Ben senta ao meu lado sem me responder, ele pega o cigarro da minha mão e dá uma longa tragada. Ele não me olha e então percebo que ele está pensando em algo.

- Então, sobre isso, eu tenho um plano – Ele fala ainda sem olhar para mim, com o olhar distante, enquanto fuma o meu último cigarro.

- Eu já sei que não vou gostar - odeio os planos que saem da cabeça de Ben.

Pego o meu cigarro de volta da mão dele, agora eu não quero mais olhar para ele. Mas minha curiosidade me trai e eu falho miseravelmente em fingir que não estou interessada.

- Mas fala aí, qual foi a brilhante ideia dessa vez? – ainda tragando o meu cigarro e sem olhar para ele, tento manter a pose de "tanto faz".

Ben me conhece melhor que ninguém, ele olha para mim e posso ouvir uma pequena risada sarcástica sair da sua boca, antes de começar a falar.

- Você é a peça mais importante desse jogo, e será nós por nós sempre. Eu só posso contar com você! – ele fala sério demais, o que me faz olhar nos olhos dele – Você além de ser uma ótima atriz, é bonita também. Então não será difícil.

- Não enrola Ben, qual o plano? – mesmo sabendo que não vou gostar, insisto em saber.

- Você vai se infiltrar na polícia e descobrir tudo o que precisamos - ele fala como se fosse a melhor ideia do século.

- O que? – Me engasgo, não sei se com a fumaça do cigarro, ou se com o choque do plano.

- É isso, ou você prefere ser presa? Porque eles estão cada vez mais perto! – ele continua me olhando presunçoso como se tivesse pensado na melhor ideia.

Nesse momento um carro para próximo a nós, Ben levanta e eu já sei que provavelmente é a pessoa com quem ele falou no celular. Não sei se fico aliviada por ter cortado a nossa conversa, ou frustrada pelo mesmo.

Continuo sentada fumando meu cigarro enquanto observo Ben se afastar. Assim que vejo o homem que vem ao encontro de Ben, o reconheço no mesmo instante. *Brian Lacan.*

Ver Brian não me deixa tão animada, apesar de ser um homem médio, uns 1,75cm eu imagino, Brian tem olhos verdes que ganham um certo destaque em contraste com sua pele negra. Apesar de bonito, nunca me chamou a atenção, talvez eu não goste dos "paus mandados" de Thomas.

- As coisas estão ficando fora de controle – Apesar de não estarem do meu lado, consigo ouvir perfeitamente a conversa, e Brian está enfurecido.

- Conseguiram salvar a mercadoria? – Ben pergunta preocupado.

- Por sorte eu já tinha saído de lá com a mercadoria quando eles chegaram – ainda assim Brian não fala animado.

- Que alívio – Ben suspira.

- Alívio? Eles pegaram uns 4 homens nosso. Thomas está prestes a vir aqui para resolver o problema – Falar sobre Thomas sempre gera tensão, afinal ninguém quer o chefe por perto, ainda mais se ele for um psicopata mafioso.

Sinto um arrepio toda vez que escuto alguém falar no nome dele. Thomas Spinelli é literalmente o mal encarnado na terra. Eu sei muito bem como Thomas resolve os problemas dele e é de uma forma bem cruel e definitiva. Nesses meus anos dentro da máfia eu apenas o vi uma vez, de longe, e foi justamente em umas dessas soluções de problemas.

Olho para Ben e vejo que também está incomodado, diria que até preocupado, com uma possível aparição de Thomas. Imediatamente me preocupo com a vida do meu irmão.

- Não será necessário Thomas vim, eu resolvo tudo isso! – Ben fala confiante para Brian, mas eu sei que ele está preocupado.

Outro carro estaciona próximos a nós, dessa vez eu me levanto em alerta, jogo meu cigarro no chão e ando até Ben e Brian.

- Espero que você já tenha um bom plano para apresentar. – Brian fala ironicamente para Ben.

Ben coloca seu braço sob meu ombro, me puxando para mais perto dele. Eu fico olhando fixamente para o carro, tentando me lembrar da aparência de Thomas, enquanto espero ele sair do carro. Mas para minha surpresa quem sai do carro é uma bela mulher ruiva, usando um vestido vermelho sangue, o qual combina muito com o cabelo dela.

- Layla?! – A voz de Brian representa o meu espanto.

Ela olha para nós sem demonstrar sentimento algum, totalmente sem expressão.

- Quem era o responsável em levar o carregamento de armas para o meu irmão hoje as 20h? – Ela pergunta autoritária.

- Fui eu, inclusive a mercadoria está inteira aqui no meu carro. – Brian fala vitorioso.

Como eu pensei, "pau mandado" do Thomas. Mas a quem eu quero enganar, todos nós somos.

- Thomas pediu para avisar que odeia contratempos. – Ela agilmente saca uma arma da coxa e com uma mira certeira atira bem no meio da testa de Brian.

Ben praticamente esmaga meu ombro com as mãos me puxando para mais perto dele, como se fosse possível.

Ela direciona o olhar para Ben e eu.

- Espero que sirva de exemplo. Apenas façam o trabalho de vocês bem feito. – Ela fala com autoridade. – Meu irmão não teria essa gentileza de ter proporcionado uma morte rápida a Brian. – Ela olha com desdém para o corpo morto de Brian no chão. – Agora vai ficar para vocês a responsabilidade de levar a mercadoria para Thomas em Los Angeles.

Layla se vira e volta para o carro, quando ela está prestes a entrar, Ben grita, para minha surpresa.

- Diga a Thomas que eu tenho o plano perfeito para acabar de vez com o nosso problema com a polícia. – E novamente ele fala como se tivesse pensado na melhor ideia do século.

Layla deixa de entrar no carro e volta andando até nós.

- Agora você conseguiu a minha atenção. – Ela fala olhando fixamente nos olhos do meu irmão.

Capítulo 4

Hoje eu completo 18 anos e finalmente vou poder sair do orfanato. Com uma mochila nas costas, saio com tudo que tenho, algumas peças de roupas e nada mais.

Assim que o portão se fecha atrás de mim, me sinto aliviada em saber que nunca mais voltarei a esse lugar. Não fiz amigos, a vida toda foi eu pelo meu irmão, e tudo o que eu mais quero agora é poder voltar a viver perto dele.

Meu coração se enche de alegria assim que vejo Ben sentado em um banco de madeira, à minha espera. Corro até ele, Ben levanta e me abraça apertado.

Benjamin, você é o meu lar. Penso enquanto o aperto em meus braços

- Que saudade que eu estava de você, Katherine. – Ele fala o mesmo que eu sinto.

Olho para ele com o peso das lágrimas prestes a cair

- Nem acredito que finalmente minha vida vai começar – não consigo mais conter as lágrimas.

Chorar não combina nem um pouco com o estilo rebelde que eu adotei ao longo dos anos. Meu cabelo escuro e curto com as pontas rosas, minha roupa preta estilo *punk*, não faz jus a uma mulher chorona.

Ben limpa minhas lágrimas, ele também sabe que elas não

combinam comigo.

- Nesses últimos 4 anos, desde que sai do orfanato, eu estive fazendo o meu melhor para que tenhamos uma vida digna aqui fora e nunca mais passássemos dificuldades. – Ele me entrega novas identidades. – Hora de abandonar o passado. Nunca se esqueça, será eu por você e você por mim sempre!

Pego o novo documento e analiso o nome.

- Espero que **Kate Holmes** me traga mais sorte para essa minha nova vida.

∞ ∞ ∞

Meu irmão conta todo o plano genial dele para Layla. Ele está certo de que me usar de bode expiatório dentro da polícia será a solução de todos os problemas da máfia.

Após ouvir todos os detalhes do plano do meu irmão, Layla me olha com desdém.

- E você acha mesmo que ela vai conseguir? – ela nem disfarça o olhar julgador.

O plano de Ben é péssimo, mas ver que Layla não acredita que eu possa dar conta, me deixa enfurecida. *Quem ela pensa que é? A irmã do chefe da máfia, é claro!* Me contenho e então respondo ironicamente.

- É claro que eu vou conseguir, conquistar policiais não deve ser algo tão difícil. – Falo educadamente, em consideração a nossas vidas ao lado de uma psicopata armada.

Ben logo se anima.

- Ótimo, então você está de acordo com o plano. – Ele afirma, não pergunta.

- Você sabe que eu faço sempre o que você me pede, Ben. – Tem mais verdade do que deboche na minha fala.

Por um instante vejo Layla me olhar surpresa.

- Pelo menos você é leal, precisamos de gente assim na máfia. – Apesar de surpresa ela sempre fala com arrogância. – Podem começar esse plano, eu contarei os detalhes ao meu irmão.

- Sobre a mercadoria, pode dizer ao Thomas que eu me comprometo a levar em total segurança até ele. – Ben fala como o novo cachorrinho de Thomas

- Continuem assim e vocês só crescerão dentro da máfia – o olhar de arrogância de Layla é irritante.

Finalmente Layla entra dentro do carro e sai acelerada.

- Mulher nojenta! – solto o que estava pensando esse tempo todo.

Ben ri alto enquanto procura a chave do carro no corpo morto de Brian jogado no chão. Assim que acha a chave ele mostra para mim com um sorriso triunfante.

- E a moto? – pergunto para ele.

- Não importa. O que importa agora é levarmos essas armas para Thomas e ganhar a confiança dele. – Ben fala com uma confiança inabalável.

Entramos no carro que antes era de Brian e então partimos rumo a Los Angeles. Não nos preocupamos com o corpo morto de Brian jogado em um estacionamento de motel, sabemos que a máfia tem quem faça esse trabalho sujo de esconder corpos. *Não que levar armas para Thomas Spinelli seja um trabalho limpo.* Me divirto com o pensamento.

São 4h da manhã, Ben e eu decidimos parar em um hotel para dormir, nem que seja poucas horas. Afinal muita coisa aconteceu e tem muita coisa ainda para acontecer.

Abro meus olhos e a sensação é de que fechei eles por 10 segundos. Olho para o lado e vejo que Ben não está mais no quarto. Pego o meu celular e o visor me mostra que já são 9h, quanto mais tempo ficamos com essas armas no carro mais arriscado fica. Levanto-me da cama, vou em direção a porta e saio a procura de Ben pelo hotel.

Não ando muito e encontro Ben sentado em uma mesa na área externa do hotel, tomando café da manhã. O sol reflete em seus olhos azuis claros, seu cabelo castanho pouco se bagunça com o vento leve. *Ben é a melhor sensação de lar que eu tenho*. Ver ele assim, descontraído, tomando café da manhã, faz meu dia começar bem.

Sento-me ao lado dele na pequena mesa redonda, Ben me olha e começa a falar.

- Cada passo tem que ser planejado para que você não seja descoberta. – Ele já começa o dia falando sobre o grande plano dele.

- Bom dia para você também! – falo sarcástica – Eu tenho uma ideia de como começar o seu plano. Quando o policial me parou na rodovia, ele me deu o cartão dele.

Tiro o cartão de trás da capinha do meu celular e entrego para Ben.

Ben pega o cartão e logo solta uma gargalhada.

- Perfeito, esse otario vai ser a nossa porta de entrada na polícia. - Ben continua olhando para o cartão sorrindo.

Pego o cartão da mão dele.

- Eu vou ligar para ele e ver no que vai dar. – disco o número que está no cartão.

2 toques e Zac Miller atende.

- Alô. – Ouvir a voz dele me faz lembrar do garanhão que ele se mostrou ser.

- Que voz mais sexy. – Já começo entrar na personagem que fiz com ele na nossa conversa na rodovia. – Encontrei esse número e tudo o que me lembro é de ser de um policial irresistivelmente sexy.

Ele fica mudo por alguns segundos.

- Ah, eu me lembro de você – Pelo nervosismo da voz dele, eu sei que ele não se lembra.

Aposto que dá o número para várias mulheres que cai no papinho dele.

- Eu sou a Kate, mas certeza que você deve se lembrar mais dos meus peitos. – Queria ver a cara dele agora. – O que me deixa em desvantagem, porque eu ainda não tive a felicidade te ver todo pelado.

- Ah querida Kate. Essa desvantagem eu posso resolver rapidinho. – E então ele cai fácil na minha armadilha.

- Que tal hoje à noite? – pergunto já sabendo a resposta.

- Eu já gosto de você Kate, você é rápida. – Ele nem imagina o quanto.

- Só tem um problema, eu estou em Los Angeles – falo sincera, eu não havia calculado isso.

- Problema nenhum, já que eu moro e trabalho aqui em Los Angeles também. – Zac responde cada vez mais entusiasmado.

Puta que o pariu destino, obrigada por isso!

- Vamos nos encontrar então as 21h no bar do Joe's. Eu vou ser a gostosona sentada no balcão te esperando.

- Não vejo a hora, até mais Kate – ele encerra a ligação.

Olho para Ben que parece ter se divertido ouvindo minha conversa.

- Tenho um encontro hoje com um policial – falo vitoriosa.

Ben muda de entusiasmado para preocupado.

- Você vai precisar mudar a sua aparência. – Ele fala me analisando.

- Qual o problema com o meu estilo? – pergunto irritada. – Além do mais duvido que ele se lembre de mim.

- De qualquer jeito eu acho mais seguro. Entenda Kate você precisa conseguir um relacionamento sério com ele. – Ben fala firme. – O que você sabe sobre ele? Como ele é? Qual o cargo dele dentro da polícia?

Suspiro.

- Está ok, eu já entendi. Vou lá no salão do hotel mudar minha aparência. – Falo sem alegria.

Eu sei o que Ben quer dizer, um policial não vai levar a sério uma mulher com cabelo longo preto e as pontas vermelhas, apesar de que combinam com minha pele clara e olhos azuis. Sem contar no meu estilo punk que parece que nunca saiu da adolescência. Realmente já estava na hora de eu me tornar uma mulher elegante e fatal, afinal já faz 11 anos que sai daquele orfanato.

Levanto-me da mesa sem dizer mais nada e saio em direção ao salão.

Passo algumas horas no salão pintando o cabelo e pintando as unhas. Aproveito que Ben é quem está pagando e compro roupas novas também.

Após me arrumar e me vestir para o encontro de hoje à noite com Zac, fico parada por um bom tempo me olhando no espelho, percebo que todo esse plano vai mudar minha vida de maneiras irreversíveis, a começar pela minha aparência. Enrolo meus dedos entre meus cabelos que ainda estão longos, mas agora todo preto, a maquiagem neutra em meu rosto faz com que meu olhar fique mais bonito e confiante, ajusto meu vestido preto de couro e então me sinto mais confiante e mais dona de mim do que nunca.

- Vamos ver Zac se você vai resistir a essa nova personalidade. – Falo para minha nova imagem refletida no espelho.

Capítulo 5

"encontro são duas almas prontas para se conhecerem, mas nem sempre com as mesmas intenções"

Estou sentada no bar enrolando para tomar minha bebida, enquanto espero Zac. Aproveito para ir moldando minha nova personalidade, pesquisei no Google, "drink de mulher elegante" e achei o Dry Martini o mais bonito, o que eu não imaginava é que o sabor fosse tão forte. No final é até bom que seja ruim, afinal eu estou aqui com intenções certas e ficar bêbada e perder o controle é algo que não pode acontecer.

- E você é exatamente do jeito que eu me lembrava – a voz de Zac encerra meus devaneios sobre bebida.

Olho para ele sem acreditar no que estou vendo. Zac não se deu ao trabalho nem de ser arrumar, a mostrar pela farda de policial, ele veio direto do trabalho.

Mudo rápido minha expressão e dou o meu melhor sorriso sedutor.

- Eu já acho que você está mais gato hoje. – Me aproximo dele.

- Vocês mulheres, adoram um homem de farda. – Ele sorri.

Uau, e não é que ele fica lindo sorrindo

Descarto meu pensamento e volto para a conversa.

- Eu tenho certeza de que vou preferir ver você sem a farda – falo com malicia.

E para minha surpresa ele fica tímido com a minha resposta.

- Você parece que foi feita para mim, eu realmente quero te conhecer melhor. – Ele faz carinho no meu rosto.

Eu fico em choque com ele encostando em mim, eu nem me lembro qual foi a última vez que um homem encostou com ternura em mim.

Ele está jogando comigo!?

A conversa está indo para um caminho que eu não esperava. A mão dele continua em meu rosto agora me puxando para mais perto, Zac se aproxima mais e eu posso sentir a respiração quente dele próxima a minha.

Ele vai me beijar?

E então um som estrondoso de vidros quebrando e pessoas gritando nos faz afastar.

- O que está acontecendo? – grito assustada.

Zac saca a arma, coloca a mão em meu ombro e me abaixa com ele.

- Isso é tiro! Vem comigo para atrás do balcão. – Ele fala assustado também.

Ele coloca o corpo sempre a minha frente enquanto andamos agachados para atrás do balcão.

- Fique sempre atrás de mim – ele me olha fixo nos olhos.

Os tiros começam a ficar mais alto e próximos. Zac levanta-se algumas vezes atirando de volta. Me sinto completamente vulnerável sem uma arma na mão.

Não há mais pessoas no bar, os tiros ficam mais intenso e eu me sinto cada vez mais encurralada com Zac. Até que uma voz familiar me faz entender tudo.

- Eu sei que tem um policial nesse bar! – Uma voz intensa masculina grita.

Ben, seu desgraçado!

Estou prestes a gritar, mas Zac assim que vê minha expressão se joga em cima de mim no chão, segurando a minha boca. Nesse momento atrás de Zac consigo ver Ben, ele me dá uma piscadinha e vai embora.

Os tiros param, Zac mantém seus olhos, pretos como jabuticabas, fixos nos meus, aproveito nossos corpos grudados e mantenho o contato visual com ele.

- Eles já foram – Alguém grita distante.

Zac continua deitado em cima de mim, e quando me dou conta nós estamos entre beijos e amassos no chão do bar atrás do balcão. Zac tem uma pegada gostosa, melhor do que eu imaginava. Eu não imaginava ter ele em cima de mim me agarrando logo no primeiro encontro.

Mais rápido ainda foi o tempo de chegar na casa dele e estar pelada na cama dele. Zac sem roupa é realmente bem melhor do que vestido de farda. Seu corpo, de aproximadamente 1,80cm, não poupa esforços para me satisfazer.

- Você é tão gostosa – ele fala entre gemidos em cima de mim.

Zac fala repetidamente a cada estocada, e por mais que eu gostaria que ele ficasse quieto, eu estou gostando de ouvir.

- Continua assim que está bom – falo ofegante.

Zac pega na minha bunda e me puxa para mais perto dele, indo cada vez mais fundo, o que me faz revirar os olhos.

- Eu vou te levar para o céu, Kate. – Ele fala enquanto acelera o ritmo.

Não sei exato quanto tempo depois, nós nos acabamos de prazer juntos.

Zac se vira para mim, com o cabelo preto bagunçado, o que o deixa ainda mais sexy.

- Eu disse que você foi feita para mim. – Ele fala sorrindo.

Apesar de apreciar a beleza dele, eu estou exausta, não sei se pela adrenalina ou pelo sexo inusitado. Não demora muito e eu adormeço olhando para Zac.

Assim que a luz do sol entra pela janela eu acordo. Olho para Zac ainda nu na cama e me lembro do real motivo de eu estar com ele.

Droga, não era para isso ter acontecido. Foi rápido e fácil demais para ele.

Com cuidado me levanto e visto minha roupa que estava jogada no chão. Saio do quarto e da casa de Zac, sem que ele perceba.

O sol já está mais forte quando eu chego de volta no hotel. Para minha surpresa, Ben já está acordado e tomando café na mesma mesa de sempre, próximo demais dos outros hospedes, para não parecer suspeito, afastado demais para que ninguém ouça o que nós falamos. Às vezes acho que todo passo que Ben dá é milimetricamente calculado.

Me sento ao lado dele quase rosnando de ódio, e pelo olhar cínico dele para mim, ele sabe exatamente o motivo da minha raiva.

- Você sabe que foi arriscado demais fazer todo aquele circo no bar – falo encarando-o furiosa.

- Eu estava apenas esquentando o ritmo para vocês – ele fala entre um gole de café, na maior tranquilidade do mundo – e deu certo, já que você está aqui com a mesma roupa de ontem.

- Eu não sei se deu certo – falo desanimada, sei que facilitei muito as coisas para Zac, provavelmente ele já perdeu o interesse.

O que eu não esperava era ver agora, no visor do celular vibrando na mesa, o nome de Zac. Olho para Ben e ele dá um sorriso triunfante.

- Eu tenho certeza de que deu certo.

Capítulo 6

*Demoro tempo demais pensando se devo
atender ou não, Ben ameaça pegar o celular e
então imediatamente eu pego e atendo.*

- Você está bem? – Zac pergunta preocupado.

- Olá Zac, eu estou bem e você? – me forço em ser simpática, mas não há emoção na minha voz.

- Na verdade eu estou bem confuso – ele parece estar rindo.

- Como assim? – Pergunto sem entender.

- É que nenhuma mulher antes tinha saído da minha cama – ele faz uma pausa – sem que eu precisasse mandar embora.

- Ah sobre ontem...

- Por favor Kate, eu preciso te ver de novo – ele me corta apressado – eu quero te mostrar um outro lado meu que não seja o de policial.

Antes de responder, eu olho para Ben, eu sei que o plano dele precisa 100% do meu desempenho para dar certo.

- Tudo bem, pode ser - respondo Zac como se estivesse animada com a ideia de ver ele novamente.

- Perfeito. Te encontro em 1h no café Soleil – ele fala animado demais – Ah Kate, vá com uma roupa confortável.

Ele encerra a ligação, Ben nem pisca, fica com os olhos vidrados olhando para mim.

- E então?

Antes que eu possa responder o meu irmão, Layla aparece como um fantasma e senta-se ao nosso lado na pequena mesa redonda.

- Como anda o plano? – para variar, ela pergunta autoritária e sem cordialidade.

- Já demos o primeiro passo, estamos indo para um segundo – Ben fala tão confiante que até eu começo acreditar que esse plano pode dar certo.

Ben me olha esperando uma resposta, Layla segue o mesmo caminho do olhar de Ben, parando em mim, o que me deixa tensa.

- Já tenho o policial na minha mão – minto descaradamente para eles.

Levanto-me antes que me façam mais perguntas.

- Se me derem licença, eu tenho um encontro daqui a 1h – saio mantendo a classe como se tudo estivesse sob o meu controle.

Mais que nunca eu preciso fazer esse policial ficar de 4 por mim.

E como o combinado, estou indo para o café Soleil me encontrar com Zac. Estou até agora tentando entender o porquê da roupa confortável, espero que um jeans e uma regatinha branca entre nessa categoria para o que seja lá que ele pretende fazer hoje.

Assim que chego no local, vejo que Zac é quem já está me esperando dessa vez.

Ele fica bonito sem aquela roupa de policial.

Automaticamente começo a lembrar dele sem roupa.

FOCO KATHERINE!

Grito mentalmente, evitando pensar na noite de ontem. Dou um longo suspiro e caminho até ele.

- Oi Zac.

- Que bom que você veio – ele me olha animado – vamos já está quase na hora.

Ele segura a minha mão e me puxa para fora da cafeteria.

- Está quase na hora de que? – pergunto assustada.

Ele pega dois capacetes, que está em uma moto estacionada ao nosso lado, e me dá um.

- Você confia em mim, Kate? Ele me olha nos olhos.

- Desculpa, mas eu te conheci ontem – percebo que fui sincera até demais.

- Ok, você tem razão – ele dá uma risada sem graça – eu só quero te mostrar um lado meu que poucos conhecem, e, também, passar mais tempo com você.

Eu sei que o plano agora depende de eu subir nessa moto ou não, e eu não posso acabar minha pequena história falsa com Zac agora.

- Com você falando assim, não tem como resistir. - Me faço de tímida para ele.

Ele sorri e então subimos na moto.

Zac acelera, então aproveito o momento para abraçá-lo.

Até que não é tão ruim passar um tempo com ele, sinto como se pudesse ter uma vida normal.

Zac pega um caminho pela praia, a vista é linda e a brisa refrescante. Ele sobe até o topo de um penhasco, onde tem um grupo de pessoas. Assim que desço da moto e vejo o que as pessoas estão fazendo, começo a entender tudo.

- Você não está achando que eu vou saltar de parapente!? – falo rindo de nervoso.

- Você está com medo, Kate? – ele me desafia.

- Eu não tenho medo de nada! – encaro ele de volta.

- Então vamos, já está tudo preparado para a nossa vez.

Zac me puxa de novo pela mão, para perto de alguns amigos dele. Enquanto ele conversa com um homem, um ruivo vem colocar os equipamentos em mim. Zac termina de conversar e então se posiciona com o equipamento atrás de mim.

- Tá vendo aquela ilha? – ele aponta para uma pequena ilha a nossa frente, no meio do oceano – vamos ter ela todinha para nós.

- Mas ela está muito distante – daqui de onde estamos ela parece minúscula.

- Confia em mim, já está tudo planejado.

Ele me dá um beijo na cabeça e então salta antes que eu pudesse responder, ou me arrepender.

O vento explode no meu rosto e um misto de sensações me invadem. Medo, adrenalina, liberdade e uma vista de deixar qualquer um emocionado. Não posso fazer nada agora a não ser apreciar o momento, e que momento.

Zac domina os movimentos e nós, juntos, deslizamos no ar, é quase poético. A ilha que antes era minúscula, começa a crescer e a cada instante que nos aproximamos dela a adrenalina aumenta junto com o meu desespero.

- ZAC NÃO VAI DAR TEMPO!!! – grito apavorada.

- CONFIA EM MIM – ele grita de volta, mas em oposto da minha voz, a dele permanece calma e confiante.

Zac faz uma manobra que quase faz meu coração sair pela boca, e então em segundos estamos perto da faixa de areia.

- SE PEPARE PARA POUSAR.

- COMO? – *me desculpe Zac, mas acho que eu faltei nessa aula.*

E com maestria Zac faz um pouso, que para mim é perfeito. Fico sentada na areia ainda processando tudo enquanto Zac tira os equipamentos. Tento andar, mas minhas pernas bambas me traem, me seguro em Zac para não cair, mas nós dois vamos ao chão.

- Você está bem? – ele fala rindo embaixo de mim.

Não sei se é a adrenalina, o calor do momento ou Zac todo lindo sorrindo embaixo de mim, mas eu fico excitada.

- Zac, eu quero você, aqui e agora!

Capítulo 7

Nesse momento somos pura adrenalina e tesão, deitados na areia.

- Te comer aqui na areia é tudo o que eu mais quero – Ele fala enquanto amassa meus seios.

E então, ele começa a chupar meus seios sem dó ou pudor. Aproveito para me esfregar na ereção dura dele, nesse ponto eu o quero o tanto quanto ele me quer.

Zac entende o recado e sem perder tempo ele se afunda dentro do meu íntimo. Ele aperta minha bunda contra ele, e me fode com agilidade e pressão. O que me deixa louca de tesão, mal consigo controlar meus gemidos que ecoam pelo oceano em nossa volta.

Zac permanece firme em seu trabalho de me satisfazer, ao mesmo tempo que mete cada vez com mais pressão dentro de mim, a boca dele faz maravilhas em meus seios. Percebo o quanto prefiro ele assim, com a boca ocupada e calada.

- Você é tão gostosa! – Ele fala entre gemidos.

Pena não durar tanto o silêncio divino do momento. Beijo ele, não só para calar sua boca, mas também me entrego as sensações do momento. Zac acelera mais as estocadas e sinto minhas pernas moles.

- Você está tão molhadinha, Kate, goza para mim. – Ele fala tão safado, que só faz o clímax acelerar.

- Porra, Zac! – Falo enquanto reviro os olhos.

E como uma boa menina faço o que ele, e o meu corpo pedem. Logo em seguida sinto Zac me preencher com um jato quente.

Ofegante, Zac joga o corpo pesado em cima de mim por alguns segundos, até cair um pouco atordoado ao meu lado, na areia.

Me viro para encará-lo e o pego me fitando preocupado.

- O que foi? - Pergunto atrás de uma resposta que explique essa reação dele.

- Não imaginei que faríamos sexo logo após pousar – ele tenta forçar uma risada – Pelo visto vou ter que andar com uma camisinha no pau toda vez que sair com você. – Percebo que ele está rindo de nervoso.

Entendi o motivo da preocupação.

- Zac, eu uso métodos contraceptivos, e não tenho nenhuma doença. – Tento descartar qualquer tipo de preocupação nesse sentido.

O olhar dele muda e então ele começa a fazer carinho no meu rosto.

- Não foi isso que eu quis dizer – Ele parece estar tímido, mas não tenho certeza.

Sem prolongar muito a conversa e o carinho ele se levanta em um pulo e começa a vestir as roupas.

- Além do mais filho é tudo o que eu não quero!

O que? Como se eu quisesse algo com você!

Levanto também e começo a vestir a roupa, evito falar sobre esse assunto, quaisquer coisas que eu diga agora pode colocar tudo a perder.

- Vem, quero te mostrar o que planejei para nós aqui – Ele me puxa pela mão, animado.

Sigo no ritmo dele.

- Você é insaciável, hein. – Falo com humor, tentando manter o clima

Ele deixa escapar uma risadinha irônica.

- Não teremos segundo round – ele faz uma pausa – por enquanto.

Acompanho ele até alguns metros, quando me deparo com uma toalha no chão e uma cesta de *picnic*.

- Woow – Não consigo disfarçar minha cara de espanto.

Por essa eu não esperava!

Percebo Zac me olhando com certa ansiedade por uma aprovação.

- Você quem fez isso? – Ainda contínuo surpresa.

Ele não me olha cem porcento, o olhar dele fica entre mim e a toalha no chão.

- Mandei fazer. – Ele fala meio envergonhado.

Continuo sem reação, e um silêncio constrangedor paira sobre o ar.

Finalmente Zac me olha, agora com expectativa.

- Eu amei, Zac! – Falo apenas para dar a resposta que ele quer ouvir.

A reação dele vem na mesma hora, com empolgação ele começa a fazer uma dancinha.

- Eu sabia que ia dar certo, sempre dá! – Ele deixa essas últimas palavras sair sem o menor constrangimento.

Ou seja, eu não passo de mais uma. Mas a quem eu queria enganar, foda-se vamos ao que interessa. Foco Katherine!

Sento-me e pego uma maçã dentro da cesta. Zac se deita na toalha com a cabeça em meu colo, aproveito o momento para fazer carinho no cabelo dele, a fim de aproveitar o momento para obter mais informações.

O sexo pode até ser gostosinho, mas eu estou aqui com um único propósito.

- Quando você diz que não quer ter filhos é por causa da sua profissão? – Tento entrar no assunto polícia

Ele responde quase que de imediato, sem pensar muito em uma resposta elaborada.

- E, também, porque não gosto de crianças. – Ele fala com sinceridade.

- Entendi. – Falo encerrando esse assunto.

Assunto criança, nunca mais!

- Eu nunca sai com um policial antes, será que corro algum perigo? – Uso de humor para permanecer no assunto polícia.

- Risco de se apaixonar – Ele me olha presunçoso.

Até parece! Grito sabendo que ele não pode ouvir meus pensamentos.

- Acho que me apaixonaria fácil por um policial, do tipo investigador, que fica na cola dos criminosos – rezo para que não tenha sido óbvia demais.

Ele me olha desanimado.

- Sinto te decepcionar, mas eu não sou esse tipo de policial. – Ele faz uma pequena pausa como se pensasse em algo e continua a falar – Tudo o que eu quero é trabalhar pouco e ganhar meu dinheiro para curtir a vida. – Ele ri de si mesmo.

Tento prolongar o assunto.

- Mas deve ser muito legal trabalhar ao lado de investigadores... – deixo no ar o meu interesse nesse assunto.

Ele é confiante demais para achar que estou sendo óbvia e insistente.

- Não exatamente ao lado, mas o superior do meu superior é diretor chefe de investigações do FBI. – Ele fala nitidamente pensando em alguém.

- Parece que você não gosta muito dele - tento obter mais informações.

- O Sr. Walker não é de se misturar, e eu prefiro que ele continue longe de qualquer coisa que seja minha.

Ele me olha desconfiado e então senta ao meu lado me encarando.

- Estava só esperando esse momento chegar – Ele continua me encarando – um barco vem nos pegar daqui 1h, até lá você fica aqui presa comigo.

Olho para ele tentando disfarçar meu desespero.

Droga, ele sabe quem eu sou!

- Presa? – Falo com a voz quase falhando.

O olhar dele escurece.

- Acho que consigo te satisfazer em 1h – ele me olha com desejo – Preparada para um segundo round?

Sinto meu corpo pesar aliviado.

Ufa, ele só estava falando de sexo. Como se ele pensasse em outra coisa.

Forço um sorriso provocativo em afirmação a ideia dele.

- Eu, você, essa ilha paradisíaca, sexo no pôr do sol, a combinação perfeita – Ele fala cheio de charme. - Não poderia ser melhor.

Entro no jogo dele.

- Sexo no pôr do sol é tudo o que eu mais quero! – Minto olhando nos olhos dele.

Eu vou aguentar você Zac. Até obter todas as informações que preciso sobre a investigação.

Capítulo 8

*Na manhã seguinte, sigo com foco no plano,
e acordo novamente na cama de Zac.*

Porém dessa vez eu decidi ficar e fazer o que tem que ser feito. Afinal meu irmão está confiante nesse plano e eu quero provar que posso fazer isso.

Eu posso ser essa mulher perfeita para o Zac até conseguir o que eu quero.

Olho para ele dormindo e nem parece aquele louco que estava saltando de parapente ontem. Evito tocar nele, me levanto, visto a blusa dele e saio do quarto com cuidado para não fazer barulho desnecessário.

Chego até a cozinha, bebo um copo de água e então uma ideia surge enquanto olho as opções ao meu redor.

Talvez seja a hora de colocar meus dons culinários em prática.

Abro o armário de mantimentos e vejo minhas opções.

Pego farinha, chocolate em pó, ovos, açúcar e manteiga, deixo os ingredientes na bancada e vou até o outro armário em busca de um pote que caiba toda essa mistura.

Encontro o pote ideal, e logo na gaveta a frente um *fouet* perfeito para que eu possa mexer a mistura do bolo.

Pelo menos vou passar o tempo fazendo algo que realmente eu gosto.

Enquanto misturo os ingredientes, meus pensamentos vão longe, lá para a infância, em especial a tia do orfanato. Eu adorava passar o tempo com ela na cozinha, foi um dos poucos momentos de paz e tranquilidade que eu tive dentro daquele lugar.

Começo a bater a mistura dos ingredientes, com meus pensamentos ainda na infância e na tia do orfanato. Percebo que eu nunca soube o nome dela, afinal todos a chamavam assim, e para mim somente estar lá aprendendo a fazer bolos já bastava para fazer meus dias mais alegres.

Me perco em pensamentos olhando para o nada, até que uma voz me traz para a realidade.

- Espero que seja algo gostoso. – Ele fala enquanto fica parado me observando.

A voz dele me pega de surpresa, o que quase faz o pote cair da minha mão, não sei a quanto tempo ele devia estar ali parado me observando.

- Que susto. – Falo enquanto paro de bater a massa de bolo.

Ele começa a rir

- Eu que acordei assustado quando ouvi barulhos vindo da minha cozinha – Ele me olha com humor. – Mas estou feliz que você decidiu não fugir como da última vez.

- Eu não fugi, apenas pensei que você não fosse querer que eu ficasse – falo tímida.

Devo ter feito algo que deu a entender como convite, porque logo Zac se aproxima de mim, a respiração quente dele bem próxima a minha.

- Eu gosto de ter você aqui – Ele fala no meu ouvido.

Me preparo para beijá-lo, mas Zac enfia o dedo dentro da massa de bolo e leva até a boca.

- Ainda mais cozinhando para mim. – Ele fala enquanto saboreia a massa de chocolate. – Espero que o bolo fique pronto quando eu sair do banho, aposto que vai estar uma delícia.

Ele da meia volta e se afasta saindo da cozinha. Eu continuo parada sem acreditar no que acabou de acontecer.

Ele está mesmo achando que eu virei a empregada dele?!

Em uma explosão de raiva, jogo o pote com a massa de bolo dentro da pia. Coloco a mão na torneira, mas decido pensar melhor, antes de acabar não só com a massa.

Eu já cheguei até aqui com esse policial, não posso perder minha única fonte de informações uteis.

Ando até o balcão e pego uma forma redonda de furo no meio. Despejo a massa de chocolate dentro da forma e coloco para assar no forno.

Se bem que tudo que esse idiota não me dá são informações uteis!

Respiro fundo tentando organizar as ideias, até que uma folha de calendário, colado na porta da geladeira, me chama a atenção.

"Meu aniversário"; leio sem acreditar.

É sério que ele precisou deixar anotado o dia do próprio aniversário.

Reviro os olhos. Sem acreditar na capacidade masculina. Porém uma ideia surge como um estalo em minha mente.

Espera! Isso pode ser útil!!!

Encaro o calendário a minha frente enquanto planejo meus próximos passos.

Eu só preciso aguentar mais duas semanas sendo a mulher perfeita para o Zac!

<h1 style="text-align:center">Capítulo 9</h1>

Decido ir até o trabalho de Zac e ver tantos policiais reunidos em um só lugar faz meu sangue ferver.

Afinal, eu que sempre evitei e até fugi da polícia, estar aqui é como estar na caverna do diabo, mas estou ficando boa em fazer a loba em pele de cordeiro. Uso meu melhor sorriso e resolvo abordar um dos policiais.

- Olá, boa tarde, você sabe onde eu consigo encontrar o Zac? – falo em tom amigável.

Antes de me responder ele olha para um corredor e depois olha de volta para mim, agora com um sorriso quase que sarcástico se formando no canto do lábio.

- Zac está na sala da Sra. Alekseeva. – No final da frase um sorriso se forma no rosto dele. Porém ele não me dá tempo de resposta, sai apressado, com um ar de vangloriado.

- Alek- o que? – Falo em voz alta tentando decifrar o sobrenome que acabei de ouvir.

- Zoya Alekseeva, é russo – uma policial atrás de mim responde.

Viro para a direção da voz que acabou de falar comigo, me deparo com uma policial oriental, eu aposto em japonesa, há uma certa arrogância no olhar dela, mas isso é típico de policiais, o coque baixo dela e o uniforme impecável prova que além de durona ela tem um lado feminino muito bonito. É fácil gostar dela, então aproveito para colocar meu plano em prática.

- Estou procurando o Zac, mas na verdade eu quero mesmo falar com os colegas de trabalho dele – há uma falsa animação na minha voz.

Ela me olha com desconfiança, então continuo falando, seguindo meu plano.

- Eu estou organizando uma festa surpresa para ele hoje à noite, todos estão convidados – Pego os convites na minha bolsa e entrego um para ela.

Nesse mesmo instante ouço a voz de Zac, me viro para ver ele saindo de uma sala, no corredor, com uma mulher loira ao lado. Ela tenta arrumar o cabelo visivelmente bagunçado, enquanto Zac está com um sorriso no rosto, que logo se desfaz assim que ele me vê.

Zac se afasta da loira e vem andando em minha direção.

- Pode deixar, eu entrego o restante dos convites para você – a policial ao meu lado pega o restante dos convites da minha mão, sem me dar chance de resposta.

Zac se aproxima de nós e ela sutilmente coloca os convites no bolso de trás da calça.

- Aí está ele, com licença – Ela sai com a mesma arrogância de alguns segundos atrás.

Zac e eu estamos sozinhos em um canto e logo percebo que ele está irritado com a minha presença.

- O que você está fazendo aqui? – O tom de voz dele só confirma o que eu suspeitei.

- Eu não consegui te dar os parabéns de manhã, então decidi vim te fazer uma surpresa – mantenho minha voz aveludada e inocente de loba em pele de cordeiro.

- Não gosto de surpresas – ele responde sem esforço nenhum de parecer gentil ou educado.

- Me desculpe Zac, achei que fosse gostar de me ver – abaixo o olhar e quase faço um beicinho, mas não vou me sujeitar a tanto por esse idiota.

- Eu vou adorar te ver e te ter em casa hoje à noite – e então o clima da conversa muda.

Não vou negar, essa resposta dele só fortalece o meu ego, Zac está nas minhas mãos.

- Vou ficar te esperando então.

Me aproximo da boca dele, mas ele vira o rosto evitando o beijo.

- Aqui não – ele olha em volta preocupado.

Pressiono minha mandíbula nervosa, talvez ele não esteja tão na minha mão assim.

- Tudo bem, te espero em casa

Viro as costas e então percebo que ele não tenta me impedir de ir embora.

Estou na casa de Zac arrumando os últimos detalhes do bolo de aniversário, que eu fiz para ele com toda a minha força do ódio. Imagens dele com a policial russa passa e repassa em minha mente.

Foda-se se aquele desgraçado está pegando a policial russa. Eu nunca gostei dele mesmo.

Respiro profundamente na tentativa de limpar a minha mente e manter o foco.

Eu não vou perder o foco da missão agora, o investigador é o meu próximo alvo

Eu organizei essa festa em especial para conhecer os colegas de trabalho de Zac, com foco total no homem que lidera o departamento de investigações.

A campainha toca me trazendo para a realidade, arrumo meu vestido e vou até a porta.

Respiro fundo mais uma vez e abro a porta com um sorriso no rosto. Policiais fardados e desconhecidos entram, alguns com uniforme normal, igual o de Zac, e outros com uniforme mais especial, dá para contar no dedo o que estão de terno e gravata vestidos para uma festa.

- Sintam-se em casa – eu falo, mas não é como se eles me escutassem, ele já estão se sentindo em casa.

Para minha pequena alegria, reconheço um rosto no meio de tantos homens.

- Oi, você é a policial que me ajudou hoje mais cedo – dessa vez falo realmente feliz, ela fez um bom trabalho convidando tanta gente.

- Pode me chamar de Naomi – ela sorri, o que deixa ela ainda mais linda, mesmo ainda estando de farda.

- Obrigada por entregar os convites, eu me chamo Kate.

- Não foi nada demais, Kate, esses homens adoram uma boca livre – ela ri no final da frase e olha para os policiais comendo, só confirmando o que ela acabou de falar.

- Ah então não foi por consideração ao Zac que todos vieram? – falo rindo da situação.

- Então... – percebo a mudança de humor dela, na mesma hora.

- A propósito, onde está Zac? – tento mudar o rumo da conversa.

- Zoya ficou enrolando ele para que todos nós viéssemos na frente.

- Hmm, a russa de novo – dessa vez o meu humor que muda.

- Pois é – Um clima tenso fica no ar até que alguém grita.

- Zac Chegou!!!

Todos fazem silêncio, e ficam atentos ao abrir da porta, assim que a porta abre revelando Zac todos gritam.

- Surpresa!!!

Zac olha para a casa dele lotada de homens e então o olhar dele para em mim. Ele dá um sorriso sem graça para os convidados enquanto vem andando em minha direção.

- Vem comigo – a voz dele é firme.

Ele me segura pelo braço e me arrasta para dentro do banheiro, fechando a porta assim que entramos.

Zac me olha furioso e me empurra contra a parede do banheiro, o que faz com que eu bata a parte de trás da cabeça com o impacto, mas ele não se importa, ele vem para cima de mim novamente e aperta meu braço.

- Qual o seu problema? – ele grita furioso – Você ultrapassou todos os limites.

Tento me manter calma e dominar a situação.

- Zac.. – falo inocente enquanto passo minha mão no rosto dele.

- Não encosta em mim! – ele grita me empurrando novamente.

Dessa vez ele se vira e sai do banheiro me deixando sozinha.

Me olho no espelho e percebo que estou tremendo.

Filho de uma puta, você que ultrapassou todos os limites agora.

Encaro meu reflexo no espelho.

Eu deveria ter te matado aqui nesse banheiro, seria tão fácil ter pegado a sua arma e ter dado um tiro bem no meio da sua testa.

Dou um soco na pia do banheiro, tentando de alguma forma liberar essa raiva.

Foco Katherine, você está perto demais de chegar no segundo passo, não deixa esse merda estragar tudo agora.

Olho novamente para o meu reflexo no espelho e arrumo o meu cabelo, respiro e faço o meu melhor sorriso enquanto saio do banheiro, determinada em fazer o que tem que ser feito, conhecer o investigador.

Olho para Zac bebendo cerveja com alguns policiais como se nada tivesse acontecido.

Hora de conhecer os amigos.

Arrumo minha postura e ando até eles, fingindo também que ele não acabou de me agredir no banheiro.

- Espero que gostem do bolo – percebo que alguns já estão comendo o bolo mesmo antes dos parabéns.

Eles olham me examinando, até que um homem que está passando também comendo bolo responde.

- É sem dúvida o melhor bolo que eu já comi na minha vida. – ele diz com um sorriso incrível no rosto.

Olho para Zac e os amigos e todos eles endireitam a postura e prestam continência ao homem com o pratinho de bolo na mão.

Percebo que esse pode ser o homem que estou querendo conhecer. Me viro para ele mas Zac me corta antes que eu comece a falar.

- Kate, esse é o Sr. Walker – Zac fala com total respeito.

- Henry Walker – diz o homem com o sorriso mais lindo que eu já vi na vida.

Capítulo 10

*Finalmente estou de frente com o homem
que estava procurando e que é também
homem mais lindo que já conheci.*

Henry Walker deve ter 1,85cm, barba aparada marcando seu maxilar esculpido, cabelos escuros, um pouco bagunçado para um diretor chefe, com uma mecha quase que caindo na sua testa. Seus olhos azuis contrastam com a pele branca e sobrancelhas marcantes e escuras. Mesmo sorrindo ele tem um olhar de deixar qualquer perna bamba.

- Fico muito feliz que o Sr. tenha gostado do meu bolo – olho nos olhos dele tentando não correr meus olhos para o seu corpo.

E que corpo, ele está com uma camisa branca que marca perfeitamente seus ombros largos e bíceps definidos. Calça social que apesar de não ser tão justa como a camisa, revela que ele também treina pernas e esbanja tamanho em sua parte íntima.

- Por favor, eu sou muito novo para ser chamado de Sr. – a voz dele faz com que eu volte a olhar nos olhos dele.

Droga, espero que ele não perceba que eu o estava admirando.

Ele olha para os policiais que estão em minha volta.

- Vocês continuem me chamando de Sr. em respeito ao seu superior – ele fala com autoridade.

- Sim senhor! – eles respondem em uníssono.

- Pode me chamar apenas de Henry – a atenção dele volta para mim.

- Então Henry, eu também faço bolos para vender – tento prolongar uma conversa com ele.

Olho para os outros policiais também para não ficar tão na cara que o meu foco é somente o Henry.

- Se vocês quiserem eu posso levar alguns pedaços lá no trabalho de vocês – termino a frase com um sorriso gentil.

- Com certeza eu serei o primeiro a comprar – Henry retribui com outro sorriso gentil e confiante.

- Você está louca? – Zac grita – você não vai voltar lá

Todos olham para ele e depois para mim, aproveito esse momento de descuido de Zac para fazer uma cena.

- Eu não aguento mais essa situação com você – falo com a voz embargada – Eu organizei essa festa para te agradar e tudo o que eu recebo é agressão e ofensas – lágrimas começam a escorrer em meu rosto – Eu não aguento mais essa situação com você, Zac.

Para completar minha cena, saio correndo para a varanda com as mãos no rosto, chorando.

Passa alguns minutos e os convidados começam a ir embora, quase que em fileira.

Ótimo a minha cena deu certo.

O pensamento de Ben me dizendo que eu sempre fui boa atriz quase me faz sorrir, mas eu não posso estragar minha cara de tristeza agora.

Olho de canto de olho quando Henry passa pela porta, assim que me vê no canto da varanda ele vem até mim.

- Hey Kate, você parece ser uma pessoa legal, não merece ficar assim por causa do Zac – percebo uma pausa no "por causa" do Zac. – Ele sempre foi assim, rude.

Não entendo direito se foi uma afirmação ou uma pergunta.

- Eu não sei como ele é, eu o conheci a pouco tempo – olho

nos olhos dele – No começo ele até foi legal, mas então começou a se mostrar outra pessoa, ficou agressivo e – faço uma pausa dramática e então abaixo o olhar.

- Ele te agrediu? – a voz dele volta a ficar firme e autoritária.

- Eu não quero complicar as coisas para ele no trabalho dele – volto a sustentar o olho no olho.

Então percebo que Henry está me analisando atentamente, tudo que eu fale agora pode ser decisivo, para Zac e para mim também, então tento mudar o rumo da conversa.

- Infelizmente não vou poder ir lá vender meus bolos – tento suavizar o assunto.

- Você pode ir lá vender seus bolos quando quiser – ele faz uma pausa e muda o tom da voz – Eu com certeza irei comprar e ainda farei uma ótima propaganda dos bolos.

- Obrigada – respondo verdadeiramente tímida.

Ele é imprevisível, mas de um jeito bom, não vai ser difícil manter uma relação com ele, só preciso manter o foco e lembrar o do porquê eu estar me aproximando desse homem lindo como o paraíso.

Olho para ele e percebo que ele está me analisando novamente, seus olhos azuis que parecem estar lendo meus pensamentos.

- O que foi? – pergunto sentindo o calor em minhas bochechas.

- Estou aqui pensando, vai ser o aniversário da minha mãe e eu gostaria que você fizesse o bolo – ele fala meio sem jeito.

Te peguei Henry Walker!

- Vai ser um prazer poder fazer o bolo da sua mãe – *e te ver outra vez.*

- Me dá o seu número então, para depois a gente combinar um encontro e decidir os detalhes do bolo.

- Vamos lá dentro, preciso pegar a minha bolsa.

Ele faz um aceno com a cabeça e me segue para dentro da casa de

Zac.

Andamos até o balcão da cozinha, pego minha bolsa que está guardada embaixo do balcão, procuro um pedaço de papel dentro da bolsa, junto com uma caneta, anoto o meu número de celular e entrego para Henry.

- Eu te mando uma mensagem para combinarmos um lugar – ele fala animado.

- Tudo bem – olho em volta e percebo que não tem mais ninguém na casa.

Até que Zac surge entrando na cozinha visivelmente bêbado.

- Vem, vamos lá para cama – ele me abraça por trás.

- Zac não! – falo me afastando dele.

- Você pensa que é quem para me rejeitar? – ele me puxa de volta para ele segurando em meu cabelo.

- Me solta Zac! – falo enfurecida tentando me esquivar da boca molhada de álcool dele.

Para a minha surpresa Henry aparece atrás de Zac o segurando em um movimento de *mata leão*, o que faz Zac me soltar no mesmo instante.

- Eu posso prender ele agora por agressão se você quiser – Henry me olha nos olhos enquanto mantem seu antebraço no pescoço de Zac.

- Ele está bêbado e é o aniversário dele, deixa pra lá – *Henry precisa acreditar que sou frágil e boazinha.*

- Eu só não te prendo agora em consideração ao seu aniversário e ao pedido da Kate – Henry joga Zac no chão.

- É a boleira que você quer? Zac ainda no chão dá uma risada sinistra – Pode ficar com ela então, nunca passou de uma foda gostosa – ele faz uma pausa e me olha – Para mim sempre foi só sexo bom gratuito – ele volta a rir – Pode levar e usar Sr. Walker, fique à vontade.

Zac fica de pé e sai da cozinha, parecendo mais a versão fracassada do coringa.

- É isso então, eu nunca passei de uma puta para ele – aproveito o momento constrangedor para me vitimizar.

E mais uma vez Henry me surpreende ao se aproximar de mim e colocar uma mecha de cabelo atrás da minha orelha, mais surpreendente ainda é o que esse pequeno toque dele ascendeu dentro de mim.

- Eu tenho certeza de que você é muito mais que isso – e lá está aquele olhar de deixar as pernas moles.

E como um imã todo o meu corpo é atraído para mais perto dele, quando me dou conta estou preparada para beijá-lo.

Capítulo 11

Mas Henry tira a mão de mim e dá um passo para trás, recuando e levando com ele todo o clima.

- Eu não te conheço direito, mas sei que você é uma ótima confeiteira. – ele coloca a mão na nuca e dá uma risada forçada.

- Confeiteira é um pouco demais – dou uma risada tentando disfarçar o clima.

- Você fica linda sorrindo, devia sorrir mais.

E então com esse pequeno comentário todo o clima reacende no ambiente, o que me deixa tímida por algum motivo.

Talvez eu só não esteja acostumada a receber elogios.

- Nossa essa cozinha está uma bagunça – mudo o assunto e começo a arrumar o balcão, antes que ele me veja corando.

- Zac é um estupido, ele não merece que você fique para limpar a bagunça dele.

Esse comentário me faz parar imediatamente.

- É verdade, eu não tenho mais nada com ele – faço uma pausa e olho para Henry – Na verdade acho que eu nunca tive.

Arrumo minha postura, chega de ser a vítima.

- Quer saber eu vou instalar um app de relacionamento e ter um encontro com um cara legal.

- Nesses app não tem caras legais, e além do mais você já tem um encontro comigo.

- Um encontro com você? – e novamente tudo em mim se acende.

- Sim vamos falar sobre o bolo lembra? – ele dá um sorriso gentil.

- Ah claro, o bolo – Falo desanimada

Foco Katherine, ele não pode ter efeitos sobre você.

- Bem vamos sair logo dessa casa antes que Zac nos expulse – Henry fala com humor enquanto anda caminho para porta.

Saio logo atrás dele para fora da casa de Zac.

- Você quer uma carona, posso te deixar na sua casa.

- Obrigada, mas eu estou com o meu carro – nem pensar que Henry vai me levar.

- Foi um prazer te conhecer, Kate – Ele faz um aceno com a cabeça.

Então Henry entra no carro dele e vai embora, me deixando sozinha cheia de pensamentos na calçada.

Ele foi assim, sem abraço nem beijo de despedida!?

Percebo que essas reações dele de interesse e depois desinteresse, deixa tudo mais interessante.

Ah Henry, nós ainda vamos ter algo, eu vou te conquistar!

Entro no meu carro confiante, afinal conquistar Henry tem seus ganhos secundários, não que Zac não fosse bonito, mas Henry é uma perdição e só de me imaginar com ele já faz meu corpo aquecer.

Aproveito o trajeto para ligar para Ben, procuro o nome dele no painel do carro e clico em discar, três toques depois e Ben atende.

- Hey Kate, alguma novidade? – a voz dele está ofegante.

- Oi Ben, estou ótima, obrigada por perguntar – falo sem humor.

- Eu sei que você está bem, você sempre soube se virar bem.

- Eu tenho algumas novidades, onde você está? – pulo o papo

furado.

- Pertinho de você, estou na matriz em Los Angeles.

- Não gosto desse lugar – a matriz é onde Thomas Spinelli mora.

- Eu sei, mas você deveria estar orgulhosa do seu irmão, já que eu consegui me tornar membro da matriz – ele fala animado.

Mas algo me chama mais atenção do que a animação sobre a novidade do novo cargo dentro da máfia, do meu irmão. Uma voz de mulher ao fundo chamando o nome dele.

- Vem pra cá e me conta as novidades – ele desliga.

Eu odeio esse lugar, é a fortaleza de Thomas Spinelli, é onde ficam seus homens de confiança, e onde também eu o vi uma única fez, executando um homem. Sinto arrepio só de lembrar da cena, Thomas todo majestoso cortando um homem ao meio, do pescoço até a bexiga, enquanto o homem gritava ainda vivo, mas amarrado suspenso em forma de X em uma parede de concreto, não fiquei para ver até o final, mas garanto que o homem não saiu vivo daquela mansão.

Eu não posso ser a parte mais fraca da máfia, eu vou até lá e provar o quanto sou útil, provando que o plano está dando certo.

Piso com vontade no acelerador, no caminho mais rápido para o covil de Thomas. Não demora muito para chegar até a fortaleza de Thomas, conhecida como a Matriz.

Paro o carro em frente ao imponente portão de ferro preto com extremidades pontiagudas, ao fundo dá para ver a mansão de Thomas Spinelli. Ainda com os faróis do carro aceso, vejo 4 homens se aproximando com fuzis nas mãos apontados para mim, apago os faróis imediatamente, desço do carro, e coloco as mãos na cabeça.

- É a minha irmã, podem liberar – os portões se abrem.

Reconheço a voz assim que a escuto, então corro para abraçar Ben.

- O que você está fazendo aqui? – pergunto preocupada.

- Vem, não temos muito tempo, eu vou te levar para o quarto que você vai ficar aqui – ele fala já colocando um braço por cima de meu ombro, me arrastando com ele para dentro da mansão.

Passamos pelas enormes portas coloniais duplas de madeira escura, para enfim entrar na mansão. Tudo é frio como o dono, logo em frente a porta subimos uma escada que leva para o segundo andar da casa, onde fica os quartos, Ben abre a porta do quinto quarto a direita e entramos.

- Você vai ficar nesse quarto – ele fecha a porta atrás de nós.

- Vamos morar aqui agora? – falo inconformada enquanto ando pelo enorme quarto.

- Estou buscando o melhor para nós dois, Kate! – ele continua parado no lugar me observando

- A casa de Thomas Spinelli não é o melhor lugar do mundo. – passo os dedos em uma estante cheia de livros, a maioria sobre direito.

Esse lugar fica cada vez mais estranho...

- Não é o melhor lugar? – Ben ri sem humor – Eu estou mostrando o nosso valor para ele, e se o nosso plano estiver indo bem, você vai provar o seu valor.

- O plano está indo bem. – paro e olho para ele.

- Você me conta os detalhes amanhã, agora eu estou saindo com a Layla para buscarmos o Thomas – sem mais palavras ele me dá um beijo na testa e sai do quarto.

Desde quando Ben e Layla são próximos?!

Me jogo na cama imaginando que tipo de relação meu irmão está tendo com a irmã do maior mafioso do país.

Foda-se estou cansada demais para me preocupar com quem o Ben anda fodendo por aí.

Então minha mente vai instantaneamente para Henry, e só de

pensar nele percebo meu corpo se acender. Percebo que tentar ter uma relação com ele, mesmo que falsa, vai ser bom, porque ele é um homem bom, diferente de Zac.

Começo a imaginar todo um futuro com Henry, e não demora muito até que eu adormeça sonhando com aquele rosto perfeito.

∞ ∞ ∞

Na manhã seguinte, desço para a sala de jantar para tomar café da manhã com Ben, faz nem 5 minutos que ele passou no meu quarto para me chamar. Ainda nas escadas, vejo Layla de costas, entrando em uma sala, com um outro homem, alto, que eu acredito ser Thomas. Aproveito que ninguém me viu e corro para a sala de jantar, onde encontro Ben sentado tomando café.

- Olha você aí, pelo visto as roupas que coloquei no seu armário serviram – ele faz uma análise visual no meu vestido curto primaveril – agora senta aí e me conta as novidades.

Sento á mesa em uma cadeira de frente para Ben. A mesa está bem servida, com pães frescos e suco natural de laranja, além de café e alguns queijos.

- Seu humor melhorou de ontem para hoje – falo enquanto coloco suco de laranja em um copo.

- Tive uma boa conversa com Thomas agora no café da manhã – fala ele enquanto espreguiça-se colocando as mãos na nuca.

- Então aquele era o Thomas? Não lembrava dele ser tão bonito. – quase engasgo com o suco quando percebo que falei isso em voz alta.

- Seria ótimo para você conquistar o chefe da máfia!

Capítulo 12

*Ben sugere que eu conquiste Thomas Spinelli,
chefe da máfia americana.*

- Você acha que eu só sirvo para conquistar homens?! – esbravejo contra meu irmão.

- Não foi isso que eu quis dizer – ele fala calmo e muda o assunto – me conte, como está indo o nosso plano?

Faço um resumo breve de tudo o que aconteceu desde quando comecei a ficar com o Zac, até agora.

- Finalmente chegamos em quem realmente pode ser útil – ele se refere ao investigador Henry Walker.

- Henry provavelmente é o cara que está nos investigando – termino de tomar o meu suco – eu vou conseguir tirar as informações dele.

- E então estaremos sempre um passo à frente deles – Ben fala animado – Thomas vai adorar saber disso e você vai ganhar pontos com o chefe.

- Espero que sim – falo sem tanto animo, afinal não estou fazendo pelo Thomas.

- Agora me diz, desde quando você faz bolos? – ele ri muito enquanto faz a pergunta.

- Há-Há-Há – debocho.

Ben olha para o relógio e então fica de pé, indo para fora da sala de jantar.

- Aonde você vai? – acompanho ele saindo com o olhar.

- Tenho umas coisas agora para fazer com a Layla – ele faz uma pausa e me olha antes de sair – e você, trate de marcar logo esse encontro com o investigador.

- Eu não peguei o número dele! – percebo o quanto fui descuidada.

Então dê um jeito de conseguir esse número – ele sai sem dizer mais nada.

Fico sozinha na mesa pensando em como vou conseguir o número do Henry, pego um pedaço de queijo e subo as escadas em direção ao meu quarto.

Entro no quarto e vou direto para o guarda-roupas.

Ben realmente pensou em tudo quando comprou essas roupas.

Enquanto escolho uma roupa, meus pensamentos voltam para Henry, ele disse que eu poderia ir lá no trabalho dele quando quisesse, acho que esse é um ótimo momento para ir lá e conseguir o número dele.

Entro na suíte, tomo um banho rápido e me arrumo para ver Henry, pego as chaves do carro e sigo confiante até o trabalho dele.

Não demora muito para que eu chegue até Long Beach, local do FBI onde Henry e Zac trabalham, Zac obviamente ocupa um cargo de policial, bem menor que o de Henry, que é o meu próximo e certeiro alvo.

Fico extremamente feliz ao ver o rosto amigável de Naomi, assim que entro, apesar de estar notavelmente vazio o ambiente, em comparação a outra vez que estive aqui.

- Oi, Kate, se você veio procurar o Zac, ele saiu com os outros policiais para almoçar.

- Todos saíram? – pergunto desanimada.

- Se essa sua frustação é por causa do Henry, ele também saiu – ela fala com humor.

- O que? Eu nem pensei no Henry – minto, mas acho que não fui convincente.

- Sabe, Kate, eu não te julgo, o Henry é muito lindo, normal deixar as mulheres hipnotizadas – ela ri – você não foi a primeira e com certeza não será a última.

Dou uma risada sem graça, afinal essa afirmação dela com certeza me deixou sem graça.

Como assim não sou a primeira e nem serei a última, não sei por que, mas não gostei dessa constatação, principalmente por não ser a última.

- Já que não tem ninguém eu volto outra hora – encerro logo a conversa, antes que demonstre mais sentimentos confusos.

Saio apressada para a calçada, ainda tentando entender por que me senti dessa forma. Vou em direção ao meu carro e quando estou prestes a abrir a porta escuto alguém chamando meu nome.

- Kate!

Me viro para ver Henry, fardado, com todo o seu charme de sempre, vindo em minha direção.

Acho que Naomi tinha razão, esse homem é simplesmente hipnotizante.

Limpo a boca porque tive a sensação de estar babando.

- Sabia que era você assim que te vi – a voz dele é firme, mas ao mesmo tempo doce.

- Oi Henry – é a única coisa que consigo dizer e ainda digo com moleza na voz.

- Estive pensando em você a noite toda – ele faz uma pausa como se tivesse ouvido o que acabou de dizer – quero dizer no bolo.

Percebo que ele ficou sem graça por ter falado demais, percebo que isso me deixou sem graça.

- Achei que eu estivesse valendo mais do que o meu bolo – tento quebrar o gelo sorrindo.

Henry se aproxima de mim, e coloca a mão em meu rosto, sentir o toque dele na minha pele enfraquece minhas pernas, e tudo o que consigo fazer é sustentar o olhar dele.

- Você com certeza vale mais!

E mais uma vez eu fico ansiando pelo beijo, mas uma voz corta o clima.

- Então é isso, o tempo todo vocês dois estavam tendo um caso? – Zac grita ao nosso lado

Henry suspira e com o punho fechado se aproxima bem perto do rosto de Zac, olho no olho.

- Se você não se colocar no seu lugar e andar na linha, as coisas vão começar a se complicar para você. – a voz dele é autoritária e ameaçadora.

Zac entende o recado e sem falar mais nada ele sai de cabeça baixa. Henry volta a atenção para mim, pega a minha mão e me leva para o carro dele, ele abre a porta para que eu entre, em silêncio, eu apenas sigo seu comando.

Ele da a volta no carro e eu, de dentro do carro, o acompanho com o olhar.

- Você está com tempo para conversar? – ele pergunta enquanto entra no carro.

- Claro! – respondo animada, afinal um tempo com ele é tudo o que eu quero.

- Quero te levar para almoçar em um restaurante. – não foi uma pergunta, mas o olhar dele espera por uma resposta.

- Mas você já não almoçou?

- Não com você! – ele fala desafiador, mas logo ameniza o tom – e eu quero falar sobre os detalhes da festa.

- Ah claro, a festa. Vamos almoçar então – finjo um falso ânimo, afinal eu não queria falar sobre detalhes de festa, mas é um meio para meu objetivo de passar mais tempo com ele.

∞ ∞ ∞

Henry me leva a um restaurante mexicano, sentamo-nos em uma mesa para dois e rapidamente o garçom nos entrega o cardápio.

- Gosta do México, Kate? – ele pergunta olhando nos meus olhos.

- Não sei, nunca estive lá – tento não parecer nervosa na resposta, afinal eu quase morri em um tiroteio no México a pouco tempo.

Percebo ele me analisando, como de costume

- Essa é a parte boa dos restaurantes, nós não precisamos ir até o país para experimentar suas maravilhas gastronômicas – a expressão dele fica tensa.

- Sua expressão mudou, você se lembrou de algo, está tudo bem? – dessa vez eu o análiso.

Ele se mexe desconfortável na cadeira.

- A verdade é que eu estou mentindo para você.

Capítulo 13

*Henry diz olhando nos meus olhos que
está mentindo para mim.*

- Como assim mentindo para mim? – pergunto confusa.

- Não existe aniversário da minha mãe, meus pais morreram quando eu ainda era criança – além do pesar na fala dele, ele continua falando – eu inventei essa história de aniversário para poder te conhecer melhor.

Ele está visivelmente envergonhado, então tento aliviar o clima para ele.

- Então você nem gostou do meu bolo? – pergunto em tom de deboche.

- Isso com certeza não é mentira, o seu bolo é o melhor que eu já comi – ele sorri aliviado – e é por isso que eu quero que você me ajude em uma festa de verdade. É algo que eu planejo todo ano, mas esse ano quero fazer algo grandioso, para o Dia das Crianças.

- Dia das Crianças? – e um flashback invade meus pensamentos.

- *Eu amo o Dia das Crianças, esses milionários sempre trazem coisas gostosas pra a gente comer – Ben fala olhando para as pessoas da festa.*

- *Eu amo o bolo que a tia da cozinha faz – falo mais animada que Ben.*

- *É por isso que você passa tanto tempo na cozinha com ela? – Ben ri da minha cara*

- *Você vai ver, quando eu crescer e tiver uma grande loja de doces, não vou te dar nenhum.*

- Loja de doces não vai te tirar da pobreza, Kate – ele fala sério – eu vou conseguir algo muito maior para nós.

- Kate? – A voz de Henry interrompe meus devaneios sobre a infância.

- Me desculpe eu estava pensando na festa.

- Então você topa me ajudar? – ele pergunta ansioso.

- Claro que sim Henry, eu acho muito nobre da sua parte ajudar as crianças em um dia tão especial para elas – respondo com sinceridade, porque sei o quanto é especial para elas.

- Eu sei como pode ser difícil a vida de uma criança abandonada, eu ajudo esse orfanato desde quando entrei para a faculdade de direito – ele olha para o relógio de pulso – Meu Deus, as horas ao seu lado voam, preciso voltar para o trabalho.

Ele levanta e estende a mão para mim.

- Vamos, eu te levo de volta para o seu carro.

Estamos em frente ao FBI, trabalho de Henry, ainda dentro do carro dele.

- Muito obrigado pelo seu tempo e por querer me ajudar com a festa.

- Você é um homem incrível, Henry – me aproximo na tentativa de criar um clima.

Para a minha surpresa ele corresponde se aproximando mais, consigo sentir a respiração quente dele se misturando com a minha. Mas ele hesita.

- Eu sei que você saiu de um relacionamento agora, mas eu quero te conhecer melhor – aceita um encontro de verdade comigo hoje à noite?

- Claro que sim! – Isso é tudo o que eu mais quero.

- Eu posso te pegar na sua casa que horas?

Casa? Matriz de Thomas Spinelli?!

- Não precisa se preocupar com isso, eu te encontro no local que você escolher, só me falar a hora e o lugar.

- Se você acha melhor... – ele faz uma pausa como se pensasse em algo, mas fala outra coisa – eu vou escolher um lugar legal e te mando uma mensagem informando a hora e o local.

- Perfeito! – retribuo com um sorriso e desço do carro.

Ando em direção ao meu carro que está logo atrás do de Henry, antes de entrar faço uma pausa e olho para ele que está parado ao lado do carro me observando.

- As vezes é preciso passar por caras maus para então conhecer os bons.

- Gostei disso – ele sorri, o que quase me faz voltar lá e pular na boca dele.

Entro no meu carro para conter meus impulsos primitivos. Seguro no volante e observo Henry entrar no trabalho, com o andar confiante, postura admirável, é impossível alguém olhar para ele e não perceber toda a autoridade e corações acelerados que ele causa.

∞ ∞ ∞

Chego na matriz e encontro meu irmão de pé ao lado da piscina falando com alguém no celular. Assim que me vê ele encerra a chamada e anda até minha direção.

- Eu consegui, tenho um encontro com o chefe de investigações, hoje à noite – dessa vez eu estou verdadeiramente feliz em ter um encontro.

- Finalmente, Kate, Thomas vai adorar saber disso.

Layla, a irmã de Thomas, aparece e abraça Ben por trás. Mas é a voz no meu ouvido que surge atrás de mim que me faz arrepiar.

- O que eu vou adorar saber?

Capítulo 14

Ouço uma voz quente e grave no meu ouvido, me viro e fico cara a cara com Thomas Spinelli

- O que eu vou adorar saber? – Ele levanta uma sobrancelha no final da frase.

Estremeço no mesmo instante, não sei se por causa do corpo alto dele tão próximo ao meu, por causa da voz, ou por saber tudo o que ele representa. Dou um passo para trás, Thomas com seu mais de 1,85cm me olha por cima, apenas observando meu movimento.

- Lembra do plano que eu e Layla te contamos hoje mais cedo – Ben sorri – Kate conseguiu um encontro com o chefe de investigações.

Thomas escuta o que Ben está dizendo, mas por nenhum segundo ele tira seus olhos verdes, profundos, de mim. Eu até tento sustentar o olhar dele, mas é desafiador demais, opto olhar para o chão.

- E qual o nome do investigador? – a voz dele me faz arrepiar em níveis assustadores.

Levanto a cabeça e dessa vez me atrevo a olhar nos olhos dele.

- Henry Walker – minha voz sai confiante.

- Eu sei quem é ele – por um instante um pequeno sorriso parece surgir no canto da boca dele.

Thomas continua sustentando meu olhar e dessa vez eu não hesito.

- Ótimo, vocês dois ficam aí conversando sobre o plano, Ben e eu precisamos sair – diz Layla já puxando meu irmão pela mão.

Ben passa por mim e dá um beijo rápido em meu cabelo.

- Fica tranquila – Ben fala no meu ouvido.

Tranquila não é bem a palavra certa, estar sozinha com o inabalável chefe da máfia americana, é tudo menos tranquilo.

- Ben falou bastante sobre você e sobre o plano que ele criou – Thomas se aproxima de mim

Ele anda ao meu redor, me observando, analisando, como se a qualquer momento fosse me atacar. Me sinto como uma ovelha prestes a ser a refeição do lobo.

- Confesso que não acreditei que você pudesse ir tão longe com o plano – a voz dele me faz ficar imóvel – até alguns dias atrás eu nunca tinha ouvido falar no seu nome ou no do seu irmão.

Thomas agora para em minha frente, me olhando por cima, ele é uma montanha de músculos, cabelo castanho claro raspado dos lados em um degradê perfeito, o perfume que vem dele é amadeirado, seu terno vinho com a camisa um pouco aberta, revela uma tatuagem de cruz no centro de seu grande peitoral.

- Então eu fiquei sabendo da sua missão com o carregamento de armas, e agora esse plano com o seu irmão – ele faz uma pausa e seu olhar fica mais intenso – Você é bonita, Kate, mais do que eu imaginava.

Ele passa um dedo no meu rosto, o que faz meu coração quase parar.

- Me diga, você não tem medo de sair com um policial? – a pergunta dele é tão desafiadora quanto o olhar dele.

- Não é da polícia que eu tenho medo – não deixo minha voz falhar.

- Você tem medo de mim? – Ele segura meu queixo levantando meu rosto para que olhe nos olhos dele

- Eu deveria ter medo de você? – Eu não hesito e lanço um olhar desafiador.

- Se você for esperta vai ter! – dessa vez um meio sorriso irônico surge no canto da boca dele.

- Talvez eu não queira ser esperta o tempo todo.

Ele dá uma pequena risada, como se estivesse surpreso com a minha resposta, mas não se deixa abalar.

- Você é mais esperta que as vadias que já passaram por aqui.

- Não sou uma vádia! – meu tom agora é alto, revela que não gostei da comparação.

Mas Thomas muda sua fisionomia e me encara sério, seus olhos verdes mortais me provam quem é que manda na porra toda por aqui, e só com o olhar ele me coloca no meu lugar. Dou um passo para trás e saio correndo, antes que as coisas fiquem mais quentes.

Corro para o meu quarto e fecho a porta, tento controlar minha respiração.

Isso que é ser intimidador

Me olho no espelho, ainda tentando controlar a respiração.

E dominador, vou precisar de um banho gelado agora, já que sobrevivi aquela tensão.

Vou para o banheiro e ligo o registro que enche a banheira, agora com a respiração controlada, percebo o quão linda é essa mansão e até essa suíte.

É, dá para me acostumar com essa vida de mafiosa.

Tiro a roupa e entro na água morna da banheira, jogo uma espuma de banho e penso maneiras de relaxar, instintivamente minha mão desce para o meu ponto mais fraco, suspiro, toco em um ponto tão sensível e que eu conheço tão bem, sufoco um gemido e rostos me vem a mente, intensifico o toque e penso em Thomas.

Mafioso, gostoso e dominador

Mas logo meu pensamento muda e vai para Henry.

Penso no beijo que não aconteceu, dentro do carro dele, então mudo o cenário e imagino a mão boba dele me tocando, dentro do carro, chegando na minha parte mais úmida que anseia por ele.

- Você tem noção do quanto me deixa louco? – ele fala rouco no meu ouvido

- Eu posso resolver isso para você – subo em cima dele enquanto ele desce o banco do carro.

Eu já estou sem roupa, mas Henry ainda está de farda, o que me deixa louca de excitação.

- Eu quero você, Kate! – há uma luxuria inebriante no olhar e nas palavras dele.

Henry abre o zíper da calça e seu pau duro sai majestosamente para fora, grande como eu imagino, não perco tempo e sento nele com vontade, faço movimentos de vai e vem e rebolo, nossos gemidos se confundem dentro do carro, o ritmo acelera no carro e também na minha mão na banheira, estou quase lá, quando meu celular toca me trazendo de volta para a realidade.

Deve ser o Henry mandando a localização do nosso encontro

Levanto-me da banheira, nem tão frustrada assim por não ter terminado a minha brincadeira, afinal eu ainda tenho um encontro com ele hoje à noite. Me enrolo na toalha e vejo a mensagem que ele me enviou. Pelo local, já sei que vai ser um encontro romântico, não consigo segurar o sorriso bobo que se forma em meu rosto.

Se passam algumas horas e eu estou terminando de me arrumar, escolho um vestido preto que valoriza as minhas curvas, além de uma fenda lateral, quero Henry fervendo por mim do mesmo jeito que ele me deixou fervendo no carro. Dou uma última olhada no espelho, batom ok, cílios ok, sorrio confiante e saio do quarto.

No corredor, dou de cara com Thomas, ele nem disfarça e me "come com os olhos" a ereção dele começa a ficar bem visível. Perspicaz como sempre ele acompanha meu olhar e percebe na hora para onde estou olhando, ele dá uma risadinha que faz meu corpo arrepiar. Ele dá passos largos em minha direção, o que me faz recuar, não tendo mais para onde eu ir, ele me encosta contra a parede.

- Está de saída?

- Tenho um encontro com o investigador.

- Quer sorte a dele!

Mordo o lábio e dou um sorriso safado para ele, afinal eu quero testar se eu realmente tenho algum efeito sobre ele. Thomas gruda o corpo dele no meu, me apertando contra a parede, as mãos dele se apoiam na parede ao lado da minha cabeça, não me dando a chance de fugir. Ele é uma montanha de músculos sobre mim, mas seu olhar ardente não desvia um segundo do meu.

- Você está me provocando? – a voz dele mais rouca que o normal, mostra que ele entendeu o recado

- Eu não ousaria – tento me manter inocente.

Olho para ele com cara de submissa propositalmente, e é como se eu pudesse ver chamas nos olhos verdes dele. Thomas abaixa o rosto para perto do meu pescoço e fala no meu ouvido.

- Eu só não faço o que quero fazer com você agora, porque no fundo eu sei que você é uma diabinha e também quer isso – a voz dele fica fria – mas não se esqueça que desde que você aceitou esse plano você assumiu um pacto comigo. Eu te garanto que vamos ter bastante tempo para fazer o que der vontade.

Para a tristeza do calor do meu corpo ele se afasta, vira as costas e sai andando.

- Faça tudo perfeito nesse plano, nós precisamos de informações. – ele fala andando para então me deixar sozinha no corredor.

Oh meu Deus!

Solto o ar que nem sabia que estava prendendo.

Vamos lá Katherine, você ainda tem um encontro e outro homem para seduzir essa noite

Arrumo meu vestido e me recomponho, indo em direção ao meu carro.

Chego no restaurante e já vejo Henry em uma mesa, perfeito como sempre, mas dessa vez mais especial, afinal ele se arrumou para me ver, imediatamente lembro do comentário de Naomi, de que Henry hipnotiza as mulheres, ele com certeza tem esse poder, porque assim que ele se levanta ao me ver, olhares femininos, que estão no restaurante, se voltam para ele. Fico um tempo parada admirando-o, definitivamente hipnotizada por cada detalhe desse homem, ele anda em minha direção e o sorriso que ele da tem o poder de deixar minhas pernas bambas. Ele chega até mim e pega a minha mão.

- Você não cansa se me surpreender.

Capítulo 15

Henry segura a minha mão e com um sorriso fenomenal diz que eu não canso de surpreende-lo.

- Sinceramente eu não achei que fosse possível você ficar mais bonita.

Sinto vontade de flertar de volta, mas por algum motivo eu não consigo ser ousada com ele, não como fui com Thomas a minutos atrás.

- Assim você me deixa sem graça – e definitivamente um elogio vindo dele me deixa sem graça, mas não de um jeito ruim.

- Desculpe, não foi a minha intenção – ele dá uma risada descontraída – vamos nos sentar, eu já me antecipei e pedi um vinho para nós.

Enquanto ando com ele pelo restaurante, é impossível não perceber os olhares, até mesmo de mulheres que estão acompanhadas, e de alguns homens que provavelmente gostam do mesmo que eu gosto.

Assim que sento, ele me oferece a taça de vinho, hesito, não sei se beber com ele é uma boa opção. Sei que não é, se eu estiver aqui só pelo plano.

- Você não bebe, Kate?

- Adoro vinho, é a minha bebida favorita – foda-se o plano, essa noite eu só quero um encontro digno com ele.

- Fico feliz de ter acertado então – ele termina de colocar vinho em minha taça.

- Obrigada.

Nesse momento um rosto já conhecido por nós passa ao lado de nossa mesa e senta a algumas mesas atrás da nossa. Naomi olha tímida para nós, então percebo que é melhor eu parar de olhar.

- Não é a policial que trabalha com você?

Henry olha para ela e então acena de longe.

- Sim, é a Naomi, ela estava no aniversário que eu te conheci.

- Ela foi muito simpática comigo.

- Ela é. Se eu não tivesse te convidado para um jantar especial, eu a convidaria para juntar-se a nós – ele olha para ela de novo – acho que ela está em um encontro também.

- Então isso é um encontro especial? – olho nos olhos dele.

- Eu espero que seja especial para você, assim como está sendo especial para mim – ele retribui o olhar, seus olhos azuis hipnotizantes.

Eu poderia fazer tudo com esse homem... Foco Katherine, foco!

- Com certeza vai ficar mais especial quando eu souber mais sobre você.

- E o que você quer saber, Kate?

- Como se tornou investigador? – rezo para não ter feito essa pergunta cedo demais.

- Não foi fácil, mas tudo o que sou hoje teve início na minha infância – a respiração dele fica pesada – eu cresci em um orfanato, meus pais morreram quando eu era muito pequeno, minha infância não foi das melhores. Então foi lá que tomei a decisão de me tornar um policial e futuro investigador do FBI.

Entendo perfeitamente o que ele sente sobre não ter uma infância das melhores, mas ele não pode saber disso.

- Eu imagino que não deve ter sido fácil, e eu sinto muito Henry, não precisamos falar sobre isso – agradeço mentalmente por ter tido Ben na minha vida, pode não ter sido fácil, mas não passei por tudo sozinha.

Ele segura a minha mão e faz carinho com o polegar.

- Não foi tão horrível assim, Kate, viver lá me fez ser forte e me fez ver a vida com mais beleza – ele me olha com um sorriso sincero – hoje eu aprecio as pequenas coisas e aprendi a dar valor a cada momento bom que acontece na minha vida.

- Fico feliz que a vida tenha sido boa para você depois que saiu do orfanato, nem todos tem essa chance.

Penso em como seria minha vida se Ben estivesse escolhido outro caminho para nós, um caminho certo, sem riscos e perigos. Henry não fala nada, apenas me observa atentamente, como se pudesse ler meus pensamentos.

Merda, acho que falei demais.

O celular dele toca, aproveito para tirar minha mão da dele, odeio me sentir insegura sem saber o que falar. Henry pega o celular.

- Desculpe eu preciso atender essa ligação – ele levanta rápido demais, sem chance de eu conseguir ver um nome no visor, então ele se afasta da mesa para atender.

Ele mudou de humor ao ver o nome no visor

Aproveito o tempo sozinha e espio Naomi, que ainda está sozinha na mesa, provavelmente levou um bolo. Henry volta mas não senta.

- Me desculpe, Kate, encerrar nossa noite assim, mas é uma ocorrência que eu não posso rejeitar – seu tom é frio.

- Ah você já vai, que pena – eu realmente estava gostando de passar um tempo com ele.

Levanto-me para despedir, Henry faz carinho no meu rosto.

- Eu realmente não queria encerrar nossa noite assim – ele faz uma pausa como se tivesse ouvido o que acabou de dizer – você entendeu, não quer dizer que eu quisesse que acabasse na cama – ele se enrola cada vez mais nas palavras – não que eu não queira isso, é que-

Corto ele dando um beijo em seu rosto, eu entendi desde a primeira frase, e me sinto igual de alguma maneira.

- Eu entendi Henry – dou um sorriso tímido – só vamos com calma, para que dê certo.

Ele parece surpreso, não sei se com o beijo ou com o que eu disse.

- Eu quero que dê certo. Eu me importo com você, Kate.

Naomi passa ao nosso lado, e Henry desvia o olhar do meu para falar com ela.

- Naomi! – a voz dele é autoritária.

Ela para, da meia volta e bate continência para Henry

- Sim, senhor!

- Gostaria que levasse, a Kate em segurança, para casa.

- Sim, senhor! – ela responde prontamente.

- Naomi, não é uma ordem, é um pedido – ele sorri, com gentileza.

- Não precisa, eu estou com meu carro – falo demonstrando um pouco do meu nervosismo.

- A noite nessa cidade está cada vez mais perigosa, eu jamais vou deixar você ir para casa se não tiver a certeza de que está em total segurança – ele fala olhando nos meus olhos.

Não tem problema, Kate – Naomi fala olhando para mim – Minha noite já foi uma merda mesmo, talvez você me anime um pouco.

- Por favor, aceite a carona, por mim, vai me deixar mais tranquilo – percebo que não vai ter como rejeitar o pedido dele.

- Tudo bem eu aceito, mas só porque é a Naomi – respondo com humor.

Nos movimentamos juntos para um beijo de despedida, e um beijo

na boca quase sai, ficamos tímidos, então encerro a noite com um beijo simples na bochecha dele.

- Tchau, Henry! – seguro a mão da Naomi e saio apressada.

Entro no carro com a Naomi, ainda sem saber o que fazer.

- Então, Kate, onde é a sua casa?

Ferrou!

Capítulo 16

*Estou no carro de Naomi pensando em
como sair dessa situação.*

Eu não posso dar o endereço de onde estou hospedada, é literalmente levar o gato direto para o rato.

Pensa Katherine, pensa...

- Eu vi que você e o Henry beberam um pouco, mas não o suficiente para esquecer o endereço de casa – ela questiona.

- Não é isso – dou uma risada, mas é de nervoso – sabe Naomi, eu vi que você passou a noite sozinha – tento mudar o foco para ela.

- Eu te disse, a minha noite foi uma merda.

- Mas a noite é uma criança – finalmente penso em algo – conheço uma balada ótima aqui em Los Angeles.

Naomi pensa e então abre um sorriso.

- Gostei de você, Kate – ela gira as chaves, ligando o motor do carro – só não me leve em um lugar medíocre, de podre já basta o meu "não encontro".

- Confia em mim lá só tem a elite de LA.

Espelho a tela do meu celular no painel do carro, o gps abre mostrando o caminho para a melhor balada de Los Angeles. Naomi sorri e então acelera.

- Não conta para o Henry – ela pisca para mim.

Então me surpreendendo 100% ela liga as sirenes e ultrapassa todos os carros e sinais vermelhos.

- Eu já disse que te adoro?! – sorrio enquanto seguro firme no meu assento, por conta da velocidade.

- Acho que podemos ser boas amigas, Kate!

∞ ∞ ∞

Alguns minutos e chegamos na balada, a House LA, está lotada de pessoas e a música alta é contagiante, com certeza a melhor balada de Los Angeles, gente bonita, ótimos drinks e os melhores DJ's.

- Você não estava mentindo quando falou sobre a elite frequentar esse lugar – Naomi tenta gritar sob a música.

- Vem, vamos beber! – afinal uma policial bêbada é tudo o que eu preciso para conseguir algumas informações.

Descemos uma pequena escada que leva para o grande balcão do bar, logo atrás fica a pista de dança, com o DJ centralizado e a multidão em volta, o melhor é que não precisamos passar pela pista de dança para chegar ao bar. Ao lado fica uma outra escada que leva para área VIP, e a mais privilegiada da balada, com sofás privativos e open bar com garçons servindo, quem está lá tem uma visão privilegiada de todo o local.

- Duas sakeritas, por favor – Peço para o barman do outro lado do balcão.

- Escolheu essa bebida baseada no meu olho puxado? – Naomi brinca.

- Claro que não! – solto uma gargalhada, mas ela continua me encarando – Ok, talvez!

- Ótimo porque é a minha favorita – ela sorri.

O barman entrega nossas bebidas e nós brindamos antes de beber.

- Eu vi você e o Sr. gostosão no maior clima, lá no restaurante – ela me olha por cima do copo.

77

- Sr. o que? – dou uma risada me divertindo.

- Eu te disse, ele tem o poder de hipnotizar as mulheres só com o olhar – ela ri – então foi esse o apelido que as mulheres lá do FBI colocaram nele.

- Gostei, ele é todo gostosão mesmo! – dou um gole grande na minha bebida.

- Você teve sorte de ser a escolhida – agora ela da um grande gole.

- Como assim a escolhida?

- Eu trabalho com o Henry há anos e nunca vi ele saindo com ninguém – ela ri – E olha que não foi por falta de investida da mulherada.

- Ele é difícil então... – gostei de saber que ele não é mulherengo igual o Zac.

 - A Zoya é a que mais pode falar sobre isso.

- Zoya não é a russa que tem um caso com o Zac? – não conheço e já detesto essa mulher.

- Me desculpe, eu esqueci completamente – ela fala nervosa.

- Relaxa, eu não tive nada sério com ele.

- Zac é escroto demais, você teve um livramento se afastando dele.

- Ainda bem que eu percebi logo – tomo outro gole de bebida.

- Ainda bem que ele te fez conhecer o Henry – ela levanta o copo dela em comemoração.

- Pelo menos para isso ele serviu – levanto meu copo também – Você acha que é possível o Henry estar gostando de mim?

- Mulher! Só falta ele escrever na testa – ela sorri animada.

Um homem desconhecido chega cortando a nossa conversa.

- Não é sempre que essa balada é tão bem frequentada – ele diz olhando para a Naomi.

- Aproveita que minha amiga está pra jogo – falo animada olhando para ele.

- Mas era nessa perfeição mesmo que eu estava de olho, desde que entrou na balada – ele fala sedutor e se aproximando dela.

- Eu posso te mostrar o tipo de jogo que eu gosto – ela fala confiante.

O clima esquenta e eles se beijam na minha frente, sem pudor algum.

- Aproveitem a noite é uma criança – sorrio e finalizo minha bebida.

Eles param de se beijar e ele pega na mão dela a levando para a pista de dança, ela o acompanha animada, mas antes de sair ele me entrega um papel sem falar nada.

Oque é isso?

Abro o papel amaçado e começo a ler o que está escrito, sem acreditar.

Só pode ser brincadeira.

Olho para o local, na área VIP, para o lugar que está escrito no papel indica, automaticamente o ar nos meus pulmões vão ficando curto, começo a andar sem pensar muito se é ou não uma boa ideia.

Chego até a área mais restrita e exclusiva da balada, paro em frente a um sofá de couro vermelho, todos saem, deixando somente eu e uma pessoa a sós.

- Olá diabinha!

Capítulo 17

Eu nem consigo acreditar que Thomas Spinelli está na mesma balada que eu e ainda me enviou um bilhete para o encontrar na área VIP.

- Olá diabinha – ele continua sentado me encarando, com aqueles olhos verdes perversos.

- Você está me seguindo? – é a única explicação para ele estar aqui também.

- Você acha mesmo que eu perco meu precioso tempo seguindo mulher? – ele me lança um olhar desafiador – todas elas vêm até a mim e com você não foi diferente.

Ele abre os braços e olha ao redor, depois me olha de cima a baixo.

- Você acha que eu estou aqui por causa de você? – uso meu tom de deboche.

- Seja lá qual for o motivo, só mostra que o seu encontro não foi dos melhores – ele me analisa – já que você está terminando a noite sozinha em uma balada.

Droga! Thomas tem que achar que eu tenho tudo sob controle, em relação a esse plano.

- Eu estou no controle da situação, Thomas – faço uma pausa calculando minhas próximas palavras – diferente do que você pensa eu não sou uma mulher fácil, e isso está deixando o investigador na minha mão.

Thomas fica em pé e se aproxima, mas dessa vez eu não recuo, ficamos bem próximos nos encarando, até que ele quebra o silêncio.

- Você é atrevida, não sei se gosto disso – ele quase rosna.

- Eu não sei se me importo com o que você gosta – as palavras saem sem controle da minha boca.

E pela primeira vez Thomas sorri, profundo, rouco, sedutor, terrivelmente sedutor.

- Kate, Kate... Esse é um jogo muito perigoso para você – ele segura meu queixo levantando minha cabeça – nunca te falaram que quem brinca com fogo se queima?

- Desculpa te decepcionar, Thomas – o encaro desafiando – mas eu sou combustão para esse fogo, se você não quer uma explosão é melhor deixar eu continuar com o plano.

- Mas não é da minha vontade acabar com o plano – ele abaixa o tom de voz – inclusive eu quero ver até onde você consegue chegar.

Ele está me desafiando

- Como uma boa diabinha, eu posso chegar a lugares que você nem imagina – permaneço confiante.

Thomas me surpreende colocando uma mão na minha cintura e me puxando para perto dele, sua pegada é tão dominante que um arrepio sobe pelo meu corpo.

- Será que você é mesmo essa fodona que está se mostrando – a boca dele fica bem próxima da minha – ou é só problema de autoestima? Eu imagino que crescer em um orfanato não tenha sido fácil, mas até onde isso te fez ser forte?

Os olhos dele analisam os meus, mas tudo que consigo sentir é raiva, falar sobre a minha infância sempre traz sentimentos confusos, então sem pensar eu o empurro para longe de mim.

- Eu não tenho que te provar nada! – grito com ele – Eu só estou nessa merda por causa do meu irmão.

Ele olha para o peito dele onde eu o empurrei e depois o olhar dele vem para mim, é como se ele estivesse processando o que eu acabei de fazer, uma fúria surge nos olhos dele.

Fiz merda!

Ele respira fundo e olha para trás de mim, para as dezenas de pessoas dançando na pista.

- Apenas saia daqui e faça somente o que foi ordenada a fazer – a voz dele é fria como gelo.

Thomas me dá as costas e senta-se novamente no sofá, sem falar mais nada e sem olhar para mim ele toma o whisky que estava na mesa.

Ok, já entendi o meu lugar aqui.

Saio rápido da área VIP, me misturando entre as pessoas e chego no bar da balada, onde Naomi está.

- Hey, Kate, tudo bem? – ela me olha preocupada.

- Tudo bem, só que eu já vou embora – não tem mais clima para continuar com essa noite.

- Mas já?

Eu não respondo, apenas pago minha bebida e saio andando, Naomi vem logo atrás de mim. Paramos na calçada da House LA.

- Eu te levo para casa – ela sorri – afinal eu prometi para o Henry.

- Não precisa mais, eu pego um táxi daqui.

Ela me observa pensando.

- É sério, não precisa ficar preocupada, o Henry não precisa saber.

- O que o Spinelli falou para você? – a pergunta dela me pega desprevenida.

- Você conhece o Thomas?

Naomi levanta uma sobrancelha me encarando.

- Então você conhece o Thomas Spinelli?!

Capítulo 18

Naomi me viu com Thomas, o que deixa tudo mais complicado para o meu disfarce.

- Então você conhece o Thomas Spinelli? – ela repete a pergunta.

Pensa, Katherine, pensa...

- Bem, eu o conheci agora! – tento parecer convincente.

- E o que ele falou que fez sua animação com a noite acabar tão rápido? – ela percebeu que eu voltei estranha depois que falei com ele.

- Você sabe, Naomi, o de sempre desses homens que se acham, ele quis demais e eu dei um fora nele.

- Fez bem, ele não é um cara que presta – ela relaxa – E além do mais você tem o Henry agora.

No Henry eu penso depois, eu primeiro preciso saber o que ela sabe sobre o Thomas.

- O que você quis dizer sobre ele ser um cara que não presta?

- Bom, tudo o que sei sobre o Spinelli, é que ele é dono de várias casas noturnas e negócios locais – ela fala baixinho – E parece que houve umas suspeitas com coisas mais pesadas.

- Como assim, me conta o que você sabe! – preciso dessas informações.

- Não posso ficar falando, é sobre trabalho.

Droga, Naomi.

- Mas eu acabei de dar um fora nele, vai que eu to correndo risco – arranjo uma desculpa – você sabe como esses caras que tem tudo ficam quando quer algo.

- Relaxa, o Henry ta cuidando disso.

- O Henry que está investigando o caso do Thomas? – Minha voz sai mais entusiasmada que o normal.

- Como eu te disse eram só suspeitas, eu não sei se virou um caso, desde que o Henry assumiu as investigações eu não fiquei sabendo de mais nada.

De repente um pensamento passa pela minha cabeça o que me deixa preocupada.

- Você acha que o Henry pode estar correndo algum perigo? – pergunto aflita.

- Fica tranquila, Henry é o melhor no que faz, ele já investigou e prendeu muita gente ligada a máfia nesse país – ela pensa – Se o Spinelli estiver mesmo andando fora da curva o Henry vai pegá-lo.

Agora é que eu não estou tranquila!!!

- Olha pra sua cara, você não leva jeito mesmo para essa coisa de crime e bandidagem – ela ri – Se quer mesmo ficar com o Henry é melhor ir se acostumando e ter coração forte.

- Pois é, eu não levo jeito mesmo, só de pensar nessas coisas eu fico nervosa – dou uma risada sem graça.

- Então, Kate, eu estou aqui pensando e acho que vou pegar uma carona com você de táxi, amanhã pego meu carro aqui – ela me olha envergonhada – Bebi além do meu limite com o gatinho da balada, se não fosse eu te ver com o Spinelli e ficado em alerta, acho que estaria na cama de um desconhecido agora – ela ri – Então obrigada por não deixar eu cometer uma loucura hoje.

- Acabar a noite em sexo com um desconhecido gostoso, não é bem uma má loucura.

- Eu gosto de você, Kate – ela me abraça – Então por favor, não dê moral para esse Thomas, afinal eu quero muito ver o Henry com alguém.

- Você está colocando muita expectativa em mim, eu não acho que o Henry esteja tão interessado – faço uma pausa refletindo sobre uma ideia que surgiu em minha mente – A não ser que você me ajude a conquistar ele!

- Com o maior prazer, eu ajudo! – ela se afasta de mim e faz sinal para um taxi – Vem, vamos para minha casa, acaba de nascer uma grande amizade de garotas.

∞ ∞ ∞

Aceito o convite de Naomi e nós passamos o resto da noite na casa dela, bebendo, falando sobre homens e fazendo planos absurdos de conquista, parecendo duas adolescentes estupidas.

- Estou caindo de sono, chega de bebida para mim – falo mole.

- Mi casa, su casa – ela me puxa pela mão – Tem um quarto sobrando aqui nessa casa.

Sigo ela pelo corredor até um quarto.

- Pode dormir tranquila aqui, eu estou em um quarto logo a frente, se precisar de algo é só gritar – ela abre o guarda-roupas – Tenho certeza de que vai servir – ela me entrega uma camisola minúscula.

- Obrigada, pode dormir em paz, eu não vou mais te dar trabalho – pego a camisola da mão dela.

Ela me abraça.

- Sabe, Kate, você é uma amiga que veio em uma hora boa, eu estava precisando disso, me socializar, falar umas besteiras – ela me beija no rosto e vai para o quarto dela.

Fico refletindo sobre o que Naomi disse, enquanto tiro minha roupa e coloco a pequena camisola que ela me deu.

Naomi também é uma boa amizade, apesar da situação... Eu não me lembro de ter tido uma amiga alguma vez na vida, sempre foi só eu e meu irmão. É muito bom poder conversar sobre coisas triviais, homens, risadas espontâneas.

Deito-me na cama de solteiro e durmo fácil.

Não sei ao certo quanto tempo passou, abro meus olhos e acho que estou sonhando, está de dia, o sol entrando pela janela, e Henry sentado ao meu lado me olhando.

- Bom dia, Kate!

Capítulo 19

Não sei se estou sonhando, Henry está sentado ao meu lado fazendo carinho em meu rosto.

- Henry... – fico um tempo olhando encantada para ele.

- Você é linda mesmo dormindo – ele fala enquanto acaricia meu rosto.

Naomi entra no quarto.

- Acordou a bela adormecida – constato de que não estou sonhando, eles estão aqui – Bom dia, Kate – ela dá uma piscadinha por de trás do ombro de Henry.

Meu Deus a roupa que Naomi me emprestou é transparente e curta demais.

Envergonhada e vulnerável, puxo o cobertor para me cobrir.

- Desculpe se te acordei – Henry levanta e se afasta.

- Está tudo bem – preferia ele por perto.

- Fiquei sabendo que a noite de vocês foi animada, você deve estar exausta – ele fala com humor.

Olho para Naomi que está fazendo algum sinal atrás dele, me divirto, percebendo que foi ela quem chamou ele aqui, então tento aproveitar a situação. Lavanto-me da cama e ando em direção a Henry, ando dois passos e então, propositalmente, torço meu pé e caio nos braços de Henry.

- Você está bem? – ele me segura em seus braços.

- Acho que torci meu pé – faço uma cara de dor.

- Meu Deus – Naomi grita – Cuida dela Henry, eu aviso lá no trabalho que você teve um imprevisto. Você sabe, ser chefe tem suas vantagens.

Antes de sair Naomi olha pra nós abraçados e fala

- Fiquem à vontade, mi casa, su casa – ela sai apressada.

Henry olha nos meus olhos.

- Até parece que ela ficou animada com essa situação – ele ri, o que me deixa boba olhando para ele.

- Acho que me convidar para dormir aqui foi proposital – tento sair dos braços dele, mas minha "dor" não deixa e então caio nos braços dele de novo – Aí! – faço outra cara de dor.

- Deixa que eu cuido de você – sem esforço nenhum ele me carrega no colo e me coloca deitada na cama.

Ter o corpo dele tão próximo ao meu faz ferver todos os meus sentidos, e tudo o que eu mais queria agora é que ele também estivesse com pouca roupa

- Vamos ver como está esse pé – a mão dele desce fazendo todo o caminho do meu corpo até o meu pé.

Sentir os dedos dele correr pelo corpo, mesmo que de leve, já é o suficiente para molhar a minha calcinha. Me contorço e ele me olha atentamente, sabendo muito bem o efeito que está causando.

Ele está fazendo propositalmente!

- Me conta, Kate, como foi a sua noite? – ele segura o meu pé e começa a fazer uma massagem, lentamente enquanto me olha nos olhos.

Ele está com ciúmes? Ah Sr. gostosão se é de joguinhos que você gosta, prazer eu sou uma ótima jogadora!

- Foi ótima na verdade – provoco – Bebida boa, música boa...

- Se divertiu então?

Sento-me na cama e me aproximo dele

- Eu ia me divertir muito mais se você estivesse lá.

Henry se aproxima mais, encurtando o espaço entre nós.

- Você tinha uma balada inteira para se divertir e ainda pensou em mim? – não sei se é o tom de voz ou o olhar, mas tudo nele é convidativo.

Porra, esse homem sabe mesmo o que está fazendo!

- Pensei tanto em você que até sonhei – se ele quer jogar, vamos jogar.

- Me conta esse sonho – ele dá um sorriso de canto tão safado que me desarma toda.

Ele vem para cima de mim, o que faz com que eu me deite na cama.

- Você estava bem próximo de mim – minha voz quase falha.

- Que nem agora? – ele está completamente deitado em cima de mim, apenas com os braços apoiado ao meu lado – E depois o que eu fiz?

Isso realmente está acontecendo? Ele está só esperando o meu comando para fazer algo?!

- Então, Kate... – ele me olha esperando por uma resposta.

- Você beijou o meu pescoço – minha respiração começa a ficar irregular.

- Bem aqui? – ele beija o meu pescoço e eu me contorço debaixo dele – Estou gostando desse sonho, me conta mais – ele fala no meu ouvido.

Abafo um gemido, então sinto uma parte dele crescendo e endurecendo na minha coxa.

Agora é com você Henry, se me quer vai ter que ter atitude!

- Eu não sei o que vem depois, você me acordou – falo olhando nos olhos dele.

- Acho que preciso te recompensar então – o olho dele desce para minha boca.

- Acho que sim, porque eu estou louca para começar viver esse sonho!

Capítulo 20

Henry está na cama em cima de mim, e
tudo é possível nesse momento.

- Eu quero, muito, realizar esse sonho – seu tom de voz é suave.

Mas sai de cima de mim, e eu fico sem entender nada.

- Mas? – pergunto confusa com a atitude dele.

- Não aqui – ele ajeita a roupa dele, em especial a calça – Eu te respeito, Kate.

- Você é incrível, Henry, mas gostaria que não me respeitasse tanto assim – ele não pode me deixar no ponto e abandonar assim.

Henry se aproxima e dá um beijo na minha testa.

- Eu também quero o que você quer, e é por isso que tem que ser na hora certa e no local certo.

- Você sabe que eu não mais virgem, não sabe? – por Deus que história é essa de hora certa.

- Eu imagino que não – ele ri – Mas eu quero ser correto com você – ele faz carinho no meu rosto – além do mais eu acho que estou, realmente, gostando de você.

- Tipo, gostando de verdade? – fico tímida, não sei por quê.

- Eu não sou como o Zac, você é importante para mim.

- Henry, se você está preocupado que eu te compare com o Zac, você pode ficar tranquilo – suspiro – Eu sei que você não é como ele, e essa atitude que você teve agora só comprova isso.

- Não significa que eu não quero ter você – ele sorri sedutor – acredite, eu quero muito, mas vai ser do meu jeito e especial para você.

- Ok, Sr. Cavalheiro, estou me sentindo como se fosse ter a minha primeira vez – debocho.

- Vai ser a primeira comigo – a fala dele é carregada de promessa.

Nesse momento me lembro o que Naomi disse ontem sobre nunca ter visto Henry com ninguém.

- O que foi? Ficou séria do nada!

- Naomi disse que nunca te viu com ninguém antes.

Ele fica pensativo sobre o que acabei de dizer, então os olhos dele voltam a olhar nos meus e ele se aproxima mais do meu rosto.

- Acho que não tinha encontrado alguém que valesse a pena.

- E o que mudou? – pergunto ansiosa pela resposta.

A resposta não vem em forma de palavras, Henry segura meu rosto e então finalmente me beija. E diferente de todas as minhas fantasias sobre de como seria beijá-lo, o beijo é calmo, profundo, com um sentimento que eu até então desconheço. A mão dele acaricia meu rosto enquanto a linga dele invade minha boca sem pressa. Tento lembrar de quando já beijei alguém assim, mas ninguém me vem a mente, ele não estava errado de que com ele seria a primeira vez, já começando pelo beijo.

Um sentimento novo toma conta de mim, e eu me entrego a esse sentimento bom. Grudo no cabelo de Henry o trazendo para mais perto de mim e aprofundando o beijo, mas Henry continua tranquilo, dominando a situação. Ele termina o beijo dando outro demorado em minha testa.

- Com certeza eu gosto de você mais do que eu imaginava – ele levanta e se afasta, me deixando cheia de sentimentos novos e confusos.

- Você vai embora? – minha voz sai mais desesperada do que eu gostaria transparecer.

- Eu preciso ir – ele sorri – Mas eu quero te ver mais tarde.

- Onde? – minha pergunta é rápida.

- Vai ser surpresa.

- O que eu faço agora?

- Pensa no que está sentindo agora, se vier ao meu encontro hoje à noite eu vou saber também – ele pisca para mim e então sai do quarto.

O que acabou de acontecer aqui?

Jogo minha cabeça para trás deitando me na cama, eu nunca senti nada parecido com o que senti ao beijá-lo, acho que a vida toda só fiquei com caras babacas que só me viam como sexo, mas com o Henry tudo é diferente, ele disse que se importa.

Meu Deus, eu não posso estar gostando dele.

Tento comparar o sentimento, e é quase parecido com o que sinto pelo Ben, mas totalmente diferente, a parte igual é que eu quero ver o Henry bem, me importo com ele, mais do que gostaria, agora, eu quero tudo dele, quero tudo com ele. Nunca na vida alguém me tratou com tanto carinho e atenção.

Meu celular toca me fazendo despertar de meus pensamentos confusos sobre Henry. Olho para o visor e vejo que é o Ben. Atendo.

- Oi Ben.

- Olá, diabinha – a voz inconfundível de Thomas me desperta a raiva do nosso último encontro.

- O que você quer?

- Meus homens me disseram que você dormiu na casa da policial e agora o investigador acabou de sair daí

- Você tem homens me espiando? – grito incrédula.

- Eu tenho homens fazendo o que eu quero na hora que eu quero –

ele fala autoritário.

- O que você quer de mim, Thomas? – meu tom é agressivo.

- Apenas que você faça o que tem que fazer, sem distrações – ele mantém o tom autoritário.

- Você acha que a beleza do Henry Walker é uma distração? – provoco.

- Você é mesmo abusada – ele fica em silencio, é como se eu pudesse imaginar o sorriso perverso se formando no rosto dele – eu quero você aqui em uma hora, se não vier faço com que te tragam.

- Eu não sou um de seus homens, Thomas! – volto ao meu tom agressivo.

- Tic-Tac diabinha – ele desliga.

Que inferno de homem!!!

Levanto-me em um pulo quando penso que ele pode tentar fazer algo contra o Henry, caso eu não faça o que ele manda. Pego minhas roupas no chão e me troco rápido. Decido fazer o que ele mandou, assim garanto que ele fique bem longe de Henry.

Em menos de uma hora chego na matriz, procuro por Thomas e o encontro dentro da piscina.

- Estou aqui Sr. Spinelli!

- Se eu não soubesse o quanto é debochada, poderia ficar impressionado com a sua educação – pela primeira vez ele usa um tom de humor.

- Eu sou educada com quem merece a minha educação – não estou com humor para as gracinhas dele.

- E você acha que eu não mereço a sua educação?

- E você se importa com o que eu acho?

Thomas da um sorriso e então sai da piscina, ficando parado na minha frente.

Caralho!!!

Eu poderia imaginar qualquer coisa, menos ver seu corpo, seus músculos e tamanhos, molhado e completamente pelado bem na minha frente. Descubro todo o desenho da tatuagem, uma cruz e outros desenhos que vão do seu peitoral até o ombro direito e continuam completando todo o seu braço, forte e definido. Inevitavelmente meus olhos percorrem todo o corpo dele até chegar em seus olhos verdes implacáveis.

- Eu quero te mostrar o que você merece!

Capítulo 21

Thomas Spinelli está completamente nu na minha frente, e ele é quente como o inferno.

- Você vai fazer o que, me forçar a ter algo com você? – falo firme, nem pensar que ele vai me forçar a algo.

Ele vem para cima de mim e eu recuo para trás.

- Primeiro que eu não faço isso – ele me devora com os olhos – e segundo, eu nem precisaria, o seu corpo fala.

- Você se acha! – me pego olhando para o corpo dele de novo.

- Olha só para você me admirando – ele se aproxima novamente e eu me esforço para manter meus olhos fixos nos dele.

- Você pode disfarçar o quanto quiser, diabinha – ele segura firme na minha nuca me levando para mais perto dele – olha só como a sua respiração fica acelerada quando você está perto de mim – ele abaixa a boca até o meu ouvido – Você sabe que me quer, mas será que você me merece?

- Vai se foder, Thomas! – só falo, mas dessa vez não ouso empurrar ele.

- Talvez eu queira te foder!

Ainda segurando firme a minha nuca, ele me beija. Tento sair do beijo dando alguns tapas nele, mas o homem é uma montanha de músculos. No fundo eu nem quero tanto assim sair desse beijo, então minha língua começa a entrar em sincronia com a lingua feroz dele. E esse tipo de beijo eu conheço muito bem.

Thomas segura minha bunda com a outra mão e eu subo no colo dele. Ele praticamente me devora com o beijo, ele para de beijar minha boca e com a mão que estava segurando a minha nuca ele puxa meu cabelo para trás, revelando o meu pescoço, é onde ele começa a beijar. Dou pequenos gemidos quando ele aperta a minha bunda contra a ereção firme dele.

- Eu sabia que você era essa diabinha assim que coloquei meus olhos em você – ele sussurra no meu pescoço.

- E você é o inferno em pessoa – retruco.

- Pelo visto você gosta de se queimar – Thomas solta meu cabelo e sobe o meu vestido, e sem pudor, ele afasta a minha calcinha e coloca um dedo dentro de mim – Do jeito que eu gosto.

Ele começa a movimentar o dedo, comigo ainda no colo dele, me contorço sobre a sua mão, olhando nos olhos dele.

- Ah Kate, você tá muito fodida – ele ameaça.

- Eu só escuto você falar, mas não estou vendo nenhuma ação – ele rosna e enfia o dedo mais fundo dentro de mim.

- Thomas? – vejo Layla por cima do ombro dele.

Droga!!!

Thomas suspira e joga a cabeça para trás furioso, imediatamente desço do colo dele, arrumando o meu vestido.

- Eu disse que não queria interrupções, Layla – ele não vira para falar com ela.

- Desculpe irmãozinho, mas você vai ter todo o tempo do mundo para fazer o que quiser com ela – ela fala com desprezo – Mas agora a pessoa que chegou quer nossa total atenção.

- Que pessoa se atreve vim aqui sem me avisar? – dessa vez ele vira para encará-la.

- Aquela pessoinha que pode – entendo que ela não pode falar na minha frente.

- Bom, Thomas, foi um prazer – sorrio para ele, já me retirando.

- A gente termina essa conversa mais tarde – ele segura o meu braço.

- Desculpa, Thomas, mas eu já tenho um compromisso mais tarde – não vou desmarcar com o Henry – Afinal você já teve a sua chance.

Pisco para ele e saio apressada sem chance dele responder e me fazer ficar por mais tempo.

 - Quem brinca com fogo se queima – Layla fala baixinho no momento que passo por ela.

Vadia ruiva!

Corro para meu quarto e assim que entro me jogo na cama, pensando no que acabou de acontecer na piscina.

Onde eu estava com a cabeça me entregando daquele jeito para Thomas?!

Lembro dele nu em minha frente e da pegada firme dele.

Ele também tinha que ser tão irresistível... e tão diferente do Henry

Me pego pensando no Henry de novo, no final meus pensamentos sempre dão um jeito de ir para ele.

Pego meu celular e vejo uma mensagem de Naomi.

- Me conta, como ta aí com o Henry?

- Sabia que era um plano seu! – respondo animada

Ela está digitando...

- Eu disse que ia te ajudar.

- E ajudou mesmo.

Ela volta a digitar...

- Então me conta tudo, onde vocês estão agora?

- Achei que ele estivesse com você

- COMIGO?

- É, ele não foi trabalhar?

Ela digita rápido.

- Ele não apareceu por aqui hoje.

Que estranho...

- Eu vou ver ele mais tarde, ele disse que vai fazer uma surpresa – respondo, ainda aflita com o fato dele não ter ido ao trabalho.

- Ah, não acredito!!! Vocês combinaram onde?

- Na verdade não combinamos nada – mando um emoji triste

- Assim fica difícil hein, Kate. Sorte que você tem a mim.

Ela me manda o contato do celular dele.

- Manda uma mensagem para ele e combina isso direito!

- Obrigada, Naomi, você é um verdadeiro cupido – mando uma figurinha de coração.

- Quero os detalhes depois.

Adiciono o número de Henry e começo a digitar uma mensagem para ele. Alguém bate na minha porta, o que me assusta.

Será que é o Thomas?

Capítulo 22

Acho que Thomas está batendo na minha porta no momento em que vou enviar uma mensagem para Henry.

Coloco meu celular debaixo do travesseiro e vou até a porta. Abro com cuidado, para o meu alívio é o Ben do lado de fora.

- Está tudo bem? – ele levanta uma sobrancelha.

- Por que não estaria? – ele passa por mim e entra no quarto.

Fecho a porta para conversar com ele.

- Me conta você, está acontecendo alguma coisa?

- Eu acho que sim, mas ainda não sei o que é – ele fala preocupado.

- Como assim? – ver ele preocupado me deixa preocupada.

- Um helicóptero, que da acesso ao escritório particular de Thomas, chegou há alguns minutos – ele começa a andar de um lado para o outro – a ordem é que eles não podem ser interrompidos em hipótese alguma.

- Deve ser algum político importante, você sabe, mafiosos como o Thomas sempre tem esse tipo de contato.

- Eu não sei, Layla não tem segredos comigo.

- Vocês dois, hein, estão firmes mesmo – tento aliviar a tensão, mas a expressão de preocupado dele não muda – Relaxa Ben, depois ela te conta, vai ver ela e o Thomas brigaram.

- E por que eles brigariam? – ele para de andar e me encara.

- Vai entender esses mafiosos, não dá pra confiar no humor deles –

começo a rir nervosa.

É melhor Ben não ficar sabendo que Thomas e eu estamos no ponto de pegar fogo

- Eu sei que fui eu quem te colocou nessa vida – ele me abraça – E agora você é obrigada a fazer coisas que não gostaria de fazer.

- Fica tranquilo Ben, eu sempre soube me cuidar, e além do mais o investigador é uma ótima pessoa, tem me tratado muito bem.

- Mesmo assim, Kate, tome muito cuidado – ele olha nos meus olhos, a preocupação no olhar dele é palpável.

Enquanto isso no FBI...

Zac está dentro do escritório da investigadora Zoya Alekseeva.

- A gente sempre faz uma bagunça – ele pega alguns objetos que estão no chão.

- Fazer o que se eu sou irresistível demais ao ponto de você não aguentar. – ela fala com arrogância.

- Você é uma safada gostosa, e eu nunca me canso de você – Zac vai para cima dela para beijá-la mas ela coloca a mão na boca dele.

- Não seja mentiroso Zac, a pouco tempo atrás você estava com aquela putinha que fez a cena no seu aniversário.

- Meu amor, você não precisa se preocupar com ela – ele ri – Quem está passando tempo com ela agora é o nosso chefinho.

- É o que? – Zoya empurra Zac e sai de cima da mesa arrumando a roupa.

- É só falar dele que você fica assim – Zac bufa.

- Me conta agora o que você sabe sobre isso – ela fala autoritária com ele.

- Eles estavam em clima romântico aqui na rua, ela estava até dentro do carro dele.

- Que merda ele acha que está fazendo! – Zoya bate forte na mesa.

- Calma aí meu amor, agora ela não é mais problema meu, eu não quero mais ela, Henry que faça bom aproveito.

- Me diz agora o que você sabe sobre essa puta? – a voz dela continua furiosa e autoritária.

- Eu não sei nada, não tive interesse em saber.

- Você é realmente um imprestável, Zac.

Zac tenta fazer um carinho no rosto de Zoya mas ela vira um tapa no rosto dele.

- Saia da minha sala, quando eu precisar de você eu te chamo.

Zac abaixa a cabeça e sai sem dizer mais nada. Zoya começa a falar sozinha em seu escritório.

- O Henry está brincando comigo?! – ela pega o celular e liga para Henry.

- Caixa postal! – ela joga o celular na parede – Isso não pode estar acontecendo

- Esses anos todos sozinho, Zac só pode estar enganado – Zoya sai do escritório para beber uma água.

Ela vai até a copa, onde encontra Naomi.

- Boa tarde, Zoya.

- Naomi, onde está o Henry?

- Ele não vem trabalhar hoje.

- Como assim não vem hoje? – Zoya grita

- Ele deve estar bem ocupado agora – Naomi é provocativa.

- Com quem?

- Ual, as notícias voam por aqui, nem o Henry que é o mais reservado escapou da fofoca – Naomi ri.

- Estou ordenando que me responda – Zoya fala furiosa.

- Sim Sra. ele está com a Kate – ela faz uma pausa e então volta a falar – E se quer saber eles devem estar em um momento bem quente agora.

Zoya amassa o copo de plástico que está em sua mão e em passos furiosos volta para sua sala.

- Maluca obsessiva – Naomi ri.

Zoya entra em sua sala e pega o seu celular no chão, que por um milagre ainda está inteiro funcionando. Ela faz uma ligação.

- Kiev, eu vou precisar de um serviço seu.

- Os tipos de serviço que você me pede só podem ser falados pessoalmente – a voz de Kiev é mortal sem um traço de cortesia.

- Te encontro daqui a uma hora no lugar de sempre – ela encerra a chamada.

∞ ∞ ∞

Finalmente Ben sai do meu quarto, corro pegar meu celular debaixo do travesseiro e volto a digitar uma mensagem para Henry. Fico alguns segundos olhando para a tela do celular pensando se devo mesmo mandar algo assim para ele. Aberto o botão de enviar, escrito:

Era mentira, eu ainda sou virgem!

Definitivamente é uma mensagem idiota, mas só não quero parecer uma maluca que pegou o número dele com uma amiga, então prefiro ser engraçada.

Se passam alguns minutos e percebo que a mensagem nem chegou ainda para ele. A ansiedade começa a crescer dentro de mim até que recebo uma mensagem de Naomi

- Algum sinal dele?

- Mandei uma mensagem para ele, mas a mensagem nem sequer chegou.

- Estranho... Qual foi a última vez que você o viu?

- Foi na sua casa, mais ou menos umas 3 horas atrás.

Naomi demora para responder.

- O que está acontecendo aí?

Ela volta a digitar...

- O celular dele só da caixa postal. Vou dar uma olhada nas câmeras de seguranças em frente à minha casa.

- Você acha que precisa disso tudo? – começo a ficar realmente nervosa.

- Somos policiais, todo cuidado é pouco. Se tem uma coisa que Henry Walker tem são inimigos.

- Por favor, Naomi, me mantenha informada.

Começo a andar de um lado para o outro no quarto. Pensando em todas as hipóteses sobre o desaparecimento repentino do Henry.

Será que Thomas mandou matar ele?!

Só de pensar nessa hipótese meu estomago embrulha e minhas mãos tremem. Meu celular toca e eu corro pegar ele na cama. Atendo a ligação de Naomi.

- Alguma novidade?

- Sim, estou vendo aqui nas câmeras e teve um cara que não saiu da minha calçada desde quando chegamos da balada, ontem à noite.

Só pode ser um dos homens de Thomas

- Ele continuou na calçada até você sair, mas antes disso outro carro seguiu o Henry.

- O que? – eu grito.

Capítulo 23

*Em conversa com Naomi, descubro que
Henry pode estar em perigo.*

- Então Henry está correndo risco – fico desesperada – Chama a polícia, Naomi! – grito.

- Eu sou a polícia, Kate – ela parece tranquila – E o Henry também é. Não acho que o Henry esteja em perigo, mas você sim.

Fico em silêncio, pensando no que ela acabou de falar.

Se ela soubesse que eu estava no colo do perigo a uns minutos atrás.

- Você acha que o Thomas Spinelli mandou alguém me seguir? – pergunto inocente.

- Vindo do Spinelli, eu não duvido de nada.

Meu celular recebe uma mensagem, olho para a tela e meu coração dispara de alegria quando leio o nome do Henry.

- Fico feliz que tenha o meu número, e que esteja de bom humor. Estou preparando algo especial para nós esta noite.

Suspiro igual uma adolescente ao ler a mensagem dele.

- Kate? – Naomi grita

- Naomi, está tudo bem com o Henry, ele acabou de me mandar uma mensagem.

- Me conta, o que ele falou?

- Não é nada demais, ele só disse que está preparando algo especial para hoje à noite.

- Não é nada demais? – ela ri – Mulher você deixou esse homem de quatro por você. Preciso voltar ao trabalho, e você, faça essa noite valer a pena! – ela desliga.

Naomi é muito legal, estou gostando dessa história de ter uma amiga.

Olho para o meu celular, respiro fundo e começo a digitar uma mensagem para Henry. Feliz demais por saber que ele está bem.

- Confesso que estou ansiosa para hoje a noite, então preciso de mais detalhes.

Para a minha surpresa ele responde rápido.

- Te espero às 21h no The Century Plaza, 2025 Cobertura

Ele me manda um link com a localização.

Wow, ele mora no Century City, nobre demais, vou precisar estar vestida a altura do lugar.

Olho para o relógio, percebo que tenho algum tempo, deixo o celular na cama e corro para a banheira. Alguns minutos depois estou parada em frente as roupas espalhadas em minha cama.

Preciso estar à altura de uma cobertura no Century City e no ponto de fazer o coração desse homem parar assim que me ver.

Escolho um vestido de renda branca que vai até o pescoço, mas deixam meus ombros e braços a mostra, com uma saia leve quase transparente que revelam duas fendas que vão até a altura da coxa. Faço uma maquiagem leve, e prendo meu cabelo em um coque solto. Me olho no espelho e gosto do que vejo, espero que Henry também goste. Antes de sair, dou uma pequena borrifada, no pescoço, de um perfume doce e sedutor, pego as chaves do carro e saio do quarto.

Não posso correr o risco de o Henry querer me trazer de volta para casa, se bem que pretendo não voltar para casa hoje.

∞ ∞ ∞

Chego até o edifício, The Century Plaza, deixo meu carro com o manobrista e um homem me recepciona até o elevador. O elevador privativo dá até a cobertura de Henry. Meu coração acelera a cada andar que o elevador sobe.

Eu estou parecendo uma adolescente descobrindo o primeiro amor. Foco Katherine, foco!

Assim que o elevador abre o meu foco vai embora junto com o meu ar.

- Boa noite, Kate – Henry me oferece a mão.

Não sei se é a energia poderosa do lugar, ou a perfeição de Henry em um terno slim Oxford, mas tudo é propicio para ser uma noite perfeita.

Não é possível que esse homem seja real.

Fico um tempo parada admirando a perfeição desse homem, totalmente hipnotizada.

- Kate? – ele sorri.

Pisco algumas vezes e então segura a mão dele, borboletas se formam em meu estomago.

- De qual cavalo da Disney você caiu?

- Se você está tentando dizer que eu pareço um príncipe, eu fico lisonjeado – ele dá uma risada gostosa enquanto me conduz pela cobertura.

- Pelo menos estou combinando com a princesa que você é.

- Não sei se tal elogio cabe a mim – dou uma risada sem graça, princesa é tudo o que eu nunca fui.

Meus pensamentos vão para Thomas.

Enquanto um me chama de princesa, o outro me chama de diabinha.

O pensamento logo se vai assim que Henry entra comigo na sacada da cobertura, a vista panorâmica da cidade de Los Angeles é de tirar o folego, minha boca se abre instantaneamente, fico totalmente fascinada com as luzes brilhando em uma cidade noturna.

- A vista é perfeita – Henry fala me admirando.

Olho envergonhada, pois não sei se ele está falando da mesma vista.

- Você não estava brincando quando disse que essa noite seria especial.

- Só é especial porque você está aqui, Kate – ele segura a minha mão de novo e me leva para um outro lado da sacada.

Um varal de luzes e almofadas em volta de uma mesa de chão deixa todo o clima mais romântico, me sinto em um verdadeiro filme, na mesa tem uma garrafa de vinho e uma tabua de frios com algumas frutas.

- Eu tentei fazer com que ficasse de um jeito especial e para que você se sinta confortável e a vontade.

- Está perfeito Henry, nunca ninguém fez nada perto disso para mim – olho encantada para ele.

- Eu nunca trouxe ninguém aqui, então é a minha primeira vez também fazendo algo para alguém – ele passa a mão no cabelo com um sorriso tímido nos lábios.

Henry se aproxima de mim e faz carinho no meu rosto.

- Eu apenas quero que você se sinta especial – os olhos dele é carregado de algo que eu não sei explicar – Porque você é especial para mim.

Não consigo me controlar, tudo nele é convidativo, então me

antecipo e o beijo. Henry corresponde, mas dessa vez o beijo é diferente, é intenso, quente, como se ele estivesse tão ansioso quanto eu para esse momento, há uma urgência em nossos corpos. Ele segura firme em minha cintura e eu passo os braços ao redor do pescoço dele, o beijo se encaixa perfeitamente e eu perco a noção do tempo, até que paramos para recuperar o ar.

- Você está me matando lentamente – sorrio ofegante.

- Quem está matando quem? Porque eu acho que estou viciado em você – o olhar dele é ardente.

Sem perder tempo, beijo ele novamente, agora minhas mãos vão para a roupa dele, Henry me ajuda tirando sua própria roupa, tiramos o terno deixando-o só com a camisa branca, e quando estou abrindo os botões ele fala.

 - Não aqui – e como em um conto de fadas ele me pega no colo.

Ele entra na sala e segue para o quarto. Constato o quanto sua cobertura é gigante.

Entramos no quarto, meu coração e corpo anseia pelo o que está prestes a acontecer, assim que olho para a cama enorme no centro do quarto. Em frente há uma parede com pé direito alto, de vidro, que também dá para uma vista deslumbrante de Los Angeles.

Henry gentilmente me coloca deitada na cama, ele faz carinho no meu rosto e então pega um controle remoto que está na mesinha ao lado, ele aperta alguns botões e começa a tocar *Iris – Goo Goo Dolls*, reconheço a melodia de imediato.

Henry sobe em cima de mim e começa a cantar olhando nos meus olhos.

- Você é o mais perto que estarei do paraíso – ele faz carinho no meu rosto – E tudo o que eu posso sentir é esse momento.

E então percebo que ele está falando partes da música.

- Essa vai ser oficialmente a nossa música – sorrio para ele.

Ele sorri de volta, mas tem algo a mais no seu sorriso que eu não consigo identificar, talvez a música fale mais do que ele quer me contar.

Henry abaixa indo em direção as minhas pernas, fecho meus olhos assim que sinto sua mão, nas minhas coxas, subindo o meu vestido, ele beija minhas coxas e faz todo o caminho com a boca, enquanto sobe o meu vestido, eu o ajudo, até que ele chega em meu seios, então eu sento e termino de tirar o vestido.

- Sinceramente eu nem sei se mereço te ter – Henry está fascinado me admirando.

Isso me atinge em cheio, já que a mentirosa aqui sou eu.

Ele deve se sentir assim porque cresceu em um orfanato, não recebeu amor, não se acha merecedor

O pensamento esmaga o meu coração, já que eu sou a pessoa nesse mundo que entende muito bem esse sentimento. E mais uma vez me sinto agradecida por ter o Ben em minha vida, seria muito pior ter passado por tudo aquilo sozinha.

- Você merece o melhor desse mundo Henry – seguro o rosto dele – Eu não sei se sou a melhor pessoa, mas quero ser, por você, para você!

Beijo ele docemente enquanto terminamos juntos de tirar a roupa dele.

Em um silêncio que diz tudo, eu vou para cima dele e então entrelaço minhas pernas em volta dele, sento-me tão profundamente, que ele solta um gemido gostoso.

Começo a movimentar-me, sem tirar os olhos dos dele, ele segura a minha bunda me trazendo para mais perto, mais fundo, como se fosse possível. A conexão é tão intensa, tão mais profunda do que ele dentro de mim. Ter ele assim, literalmente de joelhos embaixo de mim, enquanto eu estou entrelaçada em volta dele, me faz delirar. Jogo minha cabeça para trás e começo a me movimentar mais rápido. Henry aproveita o momento e beija o meu pescoço, enquanto uma mão dele serve de apoio em minhas costas, a mão dele sobe para a minha cabeça e ele vai me inclinando fazendo com que eu fique deitada na cama, ainda beijando o meu corpo, ainda dentro de mim.

Agora ele está em cima de mim controlando totalmente o ritmo, puxo ele pela nuca para mais perto, ele vem até minha boca e me beija, enquanto se movimenta com tal maestria que me faz ver estrelas de olhos fechado. As mãos dele se entrelaçam nas minhas, com força, e eu gemo entre o beijo e o ar que eu preciso pegar.

- Você é perfeito – abro meus olhos e vejo ele me olhando profundamente.

- Você é o meu paraíso – ele sorri ofegante.

Seus olhos me hipnotizam, e suas palavras são o suficiente para me levar ao paraíso, chego ao ápice do que já senti sobre o amor, e assim que percebe isso Henry se permite chegar ao paraíso também.

Meu coração acelerado, entrega que acabei de ter o sexo mais especial da minha vida. Henry me dá um beijo lento e então cai de costas ao meu lado na cama. Ele me puxa para deitar-se com a cabeça em seu peito, e ali nos braços dele, ouvindo o seu coração também acelerado eu descubro que achei o meu lugar no mundo.

Acompanhe a saga Máfia Spinelli

Com uma narrativa envolvente e personagens cativantes, a saga Máfia Spinelli é uma leitura imperdível para aqueles que buscam uma história emocionante e cheia de paixões, adrenalina e reviravoltas.

A saga revela como a ânsia por fortes emoções pode levar a um caminho perigoso e autodestrutivo. O desejo de sentir a vida pulsar pode levar a encarar riscos desnecessários, colocando em perigo também a vida de pessoas próximas.

Por fim, a trama recorda que a verdadeira essência das pessoas pode ser muito mais complexa do que supomos. À medida que as personagens se revelam, descobrimos que cada uma delas possui camadas e nuances que não são evidentes à primeira vista.

Siga-me no Instagram para mais detalhes @maa_autora

Infiltrada Da Máfia

1º LIVRO DA SAGA MÁFIA SPINELI

Katherine, em particular, embarca em uma jornada repleta de aventuras e perigos, que a levará ao confronto com o inimigo oculto. A adrenalina, tensão e tesão são constantes, e mesmo quando os sentimentos dela se misturam, as duvidas ainda continuam, deixando no ar a pergunta: qual é o lado certo desta trama de tirar o fôlego?

Katherine e Benjamin, irmãos de sangue criados sob a sombra do orfanato, sempre viveram no limite da vida, os irmãos começaram a se envolver cada vez mais com o mundo do crime, em especial com a máfia. Mas tudo vira de cabeça para baixo quando eles cruzam o caminho do temido e perigoso mafioso, Thomas Spinelli. Esse encontro marcará um ponto de virada em suas trajetórias para sempre.

Usada Pela Máfia (Em Breve)

2º LIVRO DA SAGA MÁFIA SPINELLI

Em meio a uma jornada cheia de enigmas, amores e desafios, Kate se encontra em uma encruzilhada entre seu coração apaixonado por Henry Walker e a necessidade de coletar informações para Thomas Spinelli. Tudo isso enquanto enfrenta perigos inimagináveis e se vê diante de escolhas difíceis.

Mas, em meio ao caos, ela encontra uma aliada improvável e descobre mais uma amizade verdadeira. Por outro lado, uma inimiga perigosa e implacável está determinada a vê-la fracassar. Se prepare para uma trama envolvente, cheia de reviravoltas surpreendentes que vão te deixar grudado em cada página!

Refém Da Máfia (Em Breve)

3º LIVRO DA SAGA MÁFIA SPINELLI

Depois de ser arrastada por uma montanha-russa de emoções em "Usada pela Máfia", Kate deixa o país em busca de um recomeço. No entanto, se reerguer das cinzas não é tarefa fácil, até que ela conhece um aliado inesperado - tão sedutor quanto misterioso - que promete ajudá-la a colocar seus planos de vingança em prática.

Aliada Da Máfia (Em Breve)

4º LIVRO DA SAGA MÁFIA SPINELLI

Depois de consumar sua vingança, Kate almeja reconquistar sua vida. Contudo, sua rival não facilitará as coisas. Kate ainda irá obter toda a ajuda possível para derrotar uma inimiga verdadeiramente ameaçadora.